도시를 걷는 시간

도시를 걷는 시간

소설가 김별아,
시간의 길을
거슬러 걷다

김별아 지음

해냄

| 작가의 말 |

오래된 도시 서울의 무구한 기억들

실없거나 얼없게 여겨질지도 모르지만, 그곳에 서면 그들이 보인다. 너울너울 나비춤을 추는 광대들, 전란 한가운데서 신분의 굴레를 불태우고자 횃불을 들고 달리는 노비들, 무쇠솥 안에 가둬졌다 살아있는 유령이 되어 끌려 나오는 탐관오리들, 붉은 뺨을 가진 소년 이순신과 꿈에서 막 깨어나 몽롱한 안평대군이 생생하게 떠오른다.

휘청, 그때 누군가가 내 어깨를 치고 지나간다. 한낮의 도심에서 길을 막고 서있는 모양새가 거치적거렸나보다. 헤뜨듯 놀라 주위를 돌아보면 그곳은 높다란 빌딩 숲속, 자동차의 경적

소리가 날카롭다. 내가 만났던 이들의 흔적은 다만 길모퉁이나 화단 한구석에 생뚱맞고 무심한 돌 하나로 남아있다.

남들이 보지 못하거나 보지 않는 것을 본다는 사실은 이따금 자부심이나 빈번히 슬픔이다. 젊은 날 찾았던 이방의 유적지에서 두 손을 모으는 내게 안내원은 말했다. 폐허는 숭배하지 않는 것, 이라고. 무작스러운 개발로 부서진 기억의 폐허 앞에 헛된 숭배 대신 내가 바칠 수 있는 것은 무구한 기억뿐이다.

표석(標石), 푯돌 혹은 표지석은 어떤 사실을 구별하거나 기념하기 위해 세우는 돌이다. 오래된 도시 서울에는 2018년 3월 기준으로 316개의 기념 표석이 설치되어 있는데, 정비 작업이 계속 진행되고 있어 개수와 디자인은 물론 몇몇은 위치까지 유동적이다. 몇 번의 헛걸음 끝에 서울시 역사문화재과 김용수 주무관의 도움으로 가장 최근의 정보를 얻었다. 그럼에도 불구하고 막상 찾아가보면 주소지 주변의 소유자가 바뀌어 빌딩 이름과 상호가 달라진다든가 재개발이나 재건축으로 풍경마저 바뀌어버린 경우가 숱했다.

전공자도 연구자도 아닌 바에야 지나친 끌탕은 부질없다 싶었다. 나 또한 잠시 스쳐가는 도시의 산책자로 차가운 돌 위에 새겨진 딱딱한 말 대신 걸음걸음에 상상을 밟아가기로 했다. 캄캄한 방에서 근심이나 하는 딸깍발이가 맑은 날에 어울리지 않는 나막신을 신고 길을 나선 꼴이다. 그래도 딸까닥딸까닥 혼자의 귀에만 들리는 발소리를 내며 거리를 걷다보면 시간을 사뿐 뛰어넘은 사람과 삶의 풍경이 쓸쓸한 행복감으로 마음을 물들이곤 했다. 역사는 그저 과거가 아니라 어제와 오늘과 내일이 만나는 모든 순간임을 한시도 잊지 않기 때문이다.

어쩌다보니 걸은 흔적이 꽤나 남아 책으로 묶는다. 원고는 농민신문사에서 발행하는 월간《전원생활》에 2016년 6월호부터 2017년 12월호까지 19회를 연재했음을 밝혀둔다.

2018년 과천에서

김별아

차례

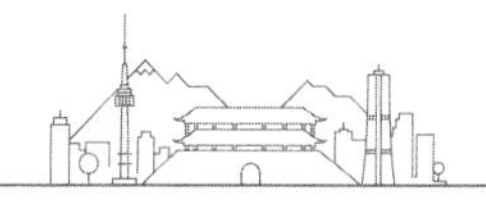

삶의 얼굴은 언제나 서로 닮았다

사랑도 꿈도 잔인한 계절

한 발자국 바깥의 이야기

1장

왕실의 그림자를 따라 걷다

‘왕의 남자’는 어떻게 살았을까?

내가 역사를 읽고, 이해하고,

기억하는 방식은 그러하다.

수천 수백 년 전 바로 이곳에서 살았던,

이 땅을 밟고 지났을 사람들과 삶을

상상하며 그려내는 것.

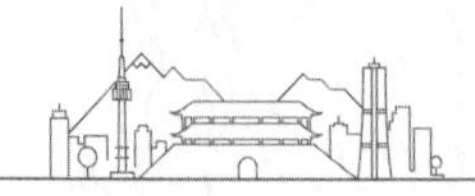

봄이 간다. 봄날이 간다. 눈발처럼 흩날리던 꽃잎이 사라진 자리에 새파랗게 잎이 돋는다.

"연분홍 치마가 봄바람에 휘날리더라……!"

젊은이들은 꽃잎이 휘날리는 거리를 함께 걷자며 연인을 유혹하는 〈벚꽃엔딩〉에 열광하지만, 내겐 언덕마루에서 폭 너른 치마를 펄럭이는 여인이 떠오르는 백설희의 〈봄날은 간다〉가 더 친근하다. 흔들리는 지하철에서 검은 차창을 바라보며 입안으로 노래를 흥얼거린다. 내게도 한참 위 세대의 노래이지만 그 애상의 정조가 날이 갈수록 애틋한 걸 보면 어쩌면 내 삶의 봄날도 발밤발밤 가는가 보다.

지하철이 을지로입구역에 도착할 무렵, 그 은행 건물로 가려면 5번 출구로 나가라는 방송이 나온다. 물론 광고겠지만 지금 그곳을 찾아가는 나를 친절하게 안내하는 듯하다. 그런데 지하철역을 빠져나오는 동안 콧노래는 쏙 들어가고 휘청 어질

병이 일어난다. 사람이 너무 많다. 건물은 너무 높다. 금융 기관의 본사와 백화점이 밀집해있고 명동과 잇닿은 을지로입구는 서울 시내에서 유동인구가 가장 많은 곳 중 하나다. 특히 한류 열풍으로 명동이 관광 명소가 되면서 주변에서 들리는 말들 중 절반은 중국어이거나 일본어다.

을지로의 옛 이름은 구리개였다. 남산으로부터 흘러내린 산자락이 충무로와 만나 진고개를, 명동길과 만나 북달재를, 을지로에 이르러 구리개라는 고개를 만들었다. 그런데 을지로입구(1가)에서 2가로 향하는 이 언덕이 진흙밭이었던지 비만 오면 곤죽이 되기 일쑤였기에 구리개라는 구터분한 이름이 붙었다고 한다. 물론 지금의 구리개, 아니 을지로입구는 살진 뱀장어처럼 매끄러운 아스팔트가 용틀임을 하는, 질척이는 기억 따윈 말끔하게 사라진 도심의 거리로 변모해 있다.

'장죽, 종묘상, 장전, 구리개 약방……'이라고 김수영의 시 「거대한 뿌리」에 등장한 대로 예부터 상업 지역으로 번화했던 을지로입구에는 오늘날 은행과 증권사 본점들이 즐비하다. 5번 출구를 나서 을지로2가 쪽으로 조금 걸어가니 현재 KEB하나은행 본점으로 사용하고 있는 옛 외환은행 본점 건물이 등장

• 을지로입구역 5번 출구 앞.

한다. 그 높다란 빌딩 앞 화단 한구석에 오늘 내가 찾아온 장악원 터 표석이 덩그마니, 여느 표석들이 그러하듯 생뚱맞고도 무심한 모습으로 자리하고 있다.

돌은 차갑다. 돌 위에 새겨진 말도 딱딱하다. 아무리 거듭해 읽어도 감흥이 없다. 그래서 사람들은 사연을 모르면 그저 돌덩어리에 불과한 표석을 휙휙 스쳐 지난다. 어디 표석뿐인가? 거의 모든 역사가 그러하다. 시험 문제를 풀기 위해 외우는 역사는 현재의 삶과 전혀 무관한, 시간의 박제일 뿐이다.

다른 방법을 써보기로 한다. 돌덩어리를 뚫어져라 바라보며 건조한 설명을 곱씹는 대신 빌딩 앞 너른 터에 여러 개 놓여있는 벤치 중 하나에 걸터앉는다. 그리고 남들이 이상하게 쳐다보든 말든 가만히 눈을 감고 상상 속에 빠져본다. 내가 역사를 읽고, 이해하고, 기억하는 방식은 그러하다. 수천 수백 년 전 바로 이곳에서 살았던, 이 땅을 밟고 지났을 사람들과 삶을 상상하며 그려내는 것.

백성들의 눈물과 웃음을 대신 전하다

문득 노랫가락이 들려온다. 들썽들썽한 잔치의 분위기가 느껴진다. 500여 년 전 이곳은 조선의 재인(才人)들이 모여드는 음악원이었다. 영상과 이미지의 위력은 대단하여, 영화 〈왕의 남자〉의 주인공 배우 이준기의 얼굴부터 떠오른다. 여자보다 더 예쁘고 유혹적이었던 남자, 폭군 연산 앞에서 하늘하늘 춤을 추던 광대 공길이 을지로입구 은행 본점 앞에 나타나 생긋 웃는다. 그가 여기 있었다. 이곳에서 그들만의 세상

• 장악원 터 표석: 음악의 편찬, 교육행정을 맡았던 조선 왕조 관아 자리.

을 꾸몄다.

영화 〈왕의 남자〉는 비교적 역사를 크게 왜곡하지 않은 팩션(faction)이지만, 역사에 기록된 실제의 공길과 영화 속 공길은 그 신분과 위치가 다르다. 『조선왕조실록』에 광대 공길은 두 번 등장한다. 한 번은 공결(孔潔)이라는 이름이고 다른 한 번은 공길(孔吉)로 기록되어 있는데, 어떤 연구자는 공결과 공길이 형제 광대였다고 주장하기도 한다.

『연산군일기』 35권, 연산 5년(1499) 12월 30일 기사에서 우인(優人) 공결은 연산군이 참석한 나례(儺禮)에 민농시(憫農詩)를 진진하게 외며 등장한다.

논에서 김을 매기에 정오가 되니
벼 포기 아래로 땀이 떨어지누나.
그 누가 알아주랴, 소반 위의 쌀밥이
한 알 두 알 모두가 고생인 것을.

농민들의 고달픔을 노래한 시를 읊은 데 이어 임금이 나라를 다스리는 데 중요한 덕목인 삼강령(三綱領)이며 팔조목(八條目)을 말하는 공결에게 연산이 묻는다.

"네가 문자를 아느냐? 글은 몇 책이나 읽었느냐?"

공결에게 책을 몇 권이나 읽었느냐고 묻는 연산의 목소리는 분노라기보다 광대 주제에 감히 하늘과 같은 임금에게 '지적질'을 하는 게 어이없다는 실소에 가깝다. 아니면 평소에 시를 좋아했던 만큼 예술 애호가의 호기심이 동한 것일 수도 있다. 하지만 공결은 웃음기를 싹 빼고 대답한다.

"글은 알지 못하고, 다만 전해 들은 것뿐입니다."

'전해 들은 것'이라니, 자기만의 생각이 아니라 여론이 그러하다는 말이렷다! 그렇게 당차게 맞선 데 이어 물러가 놀이를 하라고 시켜도 따르지 않으니 연산의 입장에서는 화가 날만하다. 말과 행동이 무례함을 책잡아 형장 60대를 때려 역졸에 소속시키라는 어명을 내렸으나 주변의 승지들이 뜯어말린다.

“공결은 우인으로서 놀이하는 것을 알 뿐입니다. 어찌 예절로 책망하오리까?”

즉위한 지 5년째, 이때만 해도 연산의 상태는 그리 나쁘지 않았다. 왕이 된 직후 연산은 비교적 성실하게 개혁적인 정치를 펼쳤으며, 전해에 일어났던 무오사화(연산군 4, 1498)의 원인 또한 개인적인 감정보다 왕권 강화의 목적이 컸다. 그래서 공결의 도발은 흐지부지 끝나버린다.

하지만 『연산군일기』 60권, 연산 11년(1505) 12월 29일 기사에 공길이 등장할 때는 상황이 좀 다르다. 늙은 선비 놀이를 하던 공길이 연산을 향해 말한다.

“전하는 요순 같은 임금이요, 나는 고요 같은 신하입니다. 요순은 어느 때나 있는 것이 아니나 고요는 항상 있는 것입니다.”

성군(聖君) 순임금의 신하 고요를 자처한 공길은 뒤이어 『논어』의 한 구절을 줄줄 외운다.

“임금은 임금다워야 하고 신하는 신하다워야 하고, 아비는 아비다워야 하고, 아들은 아들다워야 한다. 임금이 임금답지 않고 신하가 신하답지 않으면, 아무리 곡식이 있더라도 내가 먹을 수 있으랴!”

연산이 후대에 길이길이 알려질 만큼의 폭군으로서 폭주를 시작한 것은 갑자사화(연산군 10, 1504) 이후다. 공교롭게도 공결은 무오사화 다음 해에, 공길은 갑자사화 다음 해에 역사의 기록에 나타나 연산에게 직언을 한다. 이미 젖은 자는 비를 두려워하지 않는다고 했던가? 폐비 윤씨의 죽음과 관련되어 벌어진 갑자사화로 수많은 사람들을 잔인하게 죽인 연산은 예전의 그 왕이 아니다.

그래도 연산이 유달리 광대놀이를 즐기고 광대들을 아꼈다는 사실만은 분명한 듯하다. 과거의 사건과 연루된 대신들을 샅샅이 색출해 죽이고, 아버지의 후궁들을 그 아들을 시켜 때려죽이고, 할머니인 인수대비를 머리로 들이받아 죽였다는 야사까지 남겼지만(실제로는 차마 할머니를 폭행하진 못하고 욕설을 퍼부으며 모욕을 주었던 모양이다. 인수대비는 그 충격으로 앓다가 한 달 후 세상을 떠난다), 불경죄를 저지른 공길을 죽이지 않고 곤장을 쳐서 유배한다.

역사 속의 공길과 영화 속의 공길

역사 속 인간들의 재미있는 진실은, 폭주하는 권력자일수록 속내를 파고들면 터무니없는 겁쟁이이자 좀팽이에 불과하다는 사실이다. 그깟 광대들의 입바른 말 몇 마디 듣기 싫다고 연산은 끝내 나례 행사마저 없애버린다. 춤과 노래와 해학과 풍자와 비판과 그에 대한 수용이 사라진 곳, 거기가 바로 사람다운 사람 세상의 끝이다(연산이 중단시킨 나례는 인조반정(광해군 15, 1623) 이후 재개되지만 예전의 명성과 위세를 회복하지는 못한다).

영화 속의 공길은 떠돌이 남사당패의 일원으로 등장한다. 하지만 연산군 시절에는 남사당패 자체가 존재하지 않았다. 조선의 광대들은 사당패, 솟대쟁이패, 초라니패, 걸립패, 각설이패, 남사당패 등으로 다양하게 불렸는데 남사당패는 그중에서도 가장 늦은 1900년 전후에 생긴 집단으로 알려져 있다. 『조선왕조실록』 속의 공길은 두 번 모두 나례 의식에서 연산을 만나는데, 고려 때부터 한 해의 마지막 날 궁중에서 행해졌던 나례의 하이라이트인 화극(話劇)이라는 연극에 등장한다. 그러니까 임금 앞에서 광대놀이를 했던 공길은 신분으로는 천인이지만 장악원에서 관리한 수천 명의 악공, 악생, 무동들과 더불어 왕실 행사에 중요한 역할을 했던, 요즘 식으로 하면 공무원 혹은 준공무원의 신분을 가진 광대였던 것이다. 하지만 그들은 영혼 없는 줄타기를 하는 대신 때로 목숨을 걸고 백성들의 목소리를 전달했고, 그 저항과 자존의 몸짓을 통해 진정한 눈물과 웃음의 광대가 되었다.

역사적 사실과 연대에 대한 약간의 비틀림이 있을지언정 영화 〈왕의 남자〉는 연산군이라는 독특한 정신세계를 가진 폭군과 그의 앞에서 두려움 없이 '맞짱'을 떴던 광대 공길을 대비시켜 예술적 형상화에 성공한 작품이다. 무엇보다 그들이 동시에 탐닉했던 춤과 노래와 연극에는 신분의 높낮이가 까마득히 다를지언정 상처 입은 자들의 슬픔이 생생하게 배어 있다. 아름답기에 슬프고, 슬프기에 아름답다.

사랑하고 미워했던 모든 이들이 사라졌다. 시간이라는 큰물이 그들의 사랑과 예술과 삶을 삼켜버렸다. 500년 후 장악원 터 표석은 팔차선 도로가에서 구두 수선점과 마주한 채 사연 모르는 사람들을 물끄러미 바라보고 있다. 세계 각국 통화 환율이 게시되어 흐르는 전광판과, 노동조합 농성 텐트에서 울려 퍼지는 투쟁가요와, 근처 명동 입구 식당들에서 고기를 굽고 찌개를 끓이는 냄새가 뒤엉킨 도심 한가운데서, 나는 완벽하게 낯설어진다.

시간을 거슬러 과거를 상상하는 일은 쉽지 않다. 훈련과 노력이 다분히 필요하다. 하지만 온기 없는 돌멩이 너머로 시간 저편의 삶과 만나는 찰나, 기쁨이 공간마저 새롭게 변화시킨다. 때마침 봄날이 이울어 꽃가루가 분분히 날리니, 그 풍광이 연산의 역린(逆鱗)을 건드려 눈을 뽑힌 장생이 정인(情人)인 공길과 더불어 나무 그늘 아래서 그들만의 연희를 펼치는 영화의 마지막 장면과 겹친다.

너울너울, 팔랑팔랑, '왕의 남자'가 춤을 춘다. 눈부시다. 이렇게 봄날은 간다.

• **장악원 터** 2호선 을지로입구역 5번 출구 KEB하나은행 본점 앞.

늙기도 설워라커든
짐을조차 지실까

어떻게 사는가만큼 어떻게 죽는가가 중요하다.

어떻게 죽는가만큼 어떻게 사는가가 중요하다.

표석의 차가운 동판 앞에서 떼려야 뗄 수 없는

삶과 죽음을 망연히 생각한다.

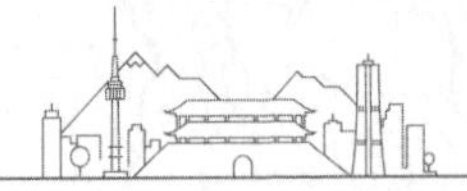

한 노인이 햇볕에 그을린 주름투성이 얼굴로 폐지가 높다랗게 쌓인 리어카를 끌고 간다. 종이뿐이지만 부피만큼 무게가 만만찮은지, 혹은 얼마 되지 않는 무게조차 힘이 부친지 비치적거리는 걸음걸이가 사뭇 위태롭다. 도로 한가운데서 쉽게 짐을 끌고 빠져나가지 못하는 노인에게 자동차들이 사납게 경적을 울린다. 빵빵!

비슷비슷한 디자인과 색깔의 등산복을 차려입은 노인들이 지하철에 오른다. 노약자석은 언제나 빈자리 없이 꽉 차있다. 노인들은 경로 할인을 받을 수 있거나 입장료가 없는 곳으로 몰려가 지루한 하루를 때운다. 늙은 몸만큼 낡아버린 시간을 때운다. 주머니 사정이 넉넉한 일부를 제외하곤 알음알음 무료 급식이나 2천 원짜리 국밥을 찾아 끼니를 때운다.

노인들은 가난, 고독, 불구 그리고 절망이라는 형(形)을 언도받았다.

프랑스 작가 시몬 드 보부아르가 『노년』에 쓴 구절처럼, 그들은 좀처럼 행복해 보이지 않는다. 그들을 바라보는 젊은이들의 시선도 복잡하다. 노인들은 고집이 세고, 남의 말을 잘 듣지 않으며, 심지어 세상에 쓸모라곤 없는 존재라고 느끼기도 한다. 그래서 아동 학대 못잖게 노인 학대 사건이 종종 발생하는 데다가, 노인은 정치적 문화적으로 젊은 세대와 충돌을 일으키기에 어린이와 다르게 혐오의 대상이 되기까지 한다.

총인구 중 65세 이상의 인구가 차지하는 비율이 7퍼센트 이상이면 고령화 사회(aging society), 14퍼센트 이상이면 고령 사회(aged society), 21퍼센트 이상이면 초고령 사회(super-aged society)라고 한다. 바야흐로 한국은 고령화 사회다. 그리고 고령 사회에 진입하기 직전이다.

70대 중반으로 아직은 '노인정 막내'인 아버지는 술자리에서 친구들끼리 "구구팔팔-이삼사!"를 외친다 하신다. 99세까지 팔팔하게, 2~3일만 앓다 죽는(4=死) 것이 최고의 소원이라고. 더 이상 오래 산다는 것 자체가 축복일 수 없다. 건강과 경제력, 가족과 친구를 포함한 인간관계, 그리고 엿가락처럼 길게 늘어지는 시간을 알뜰히 조절하고 제어할 수 없다면 이른바 '백 세 시대'는 재앙이 될 수밖에 없다.

그럼에도 불구하고 장수(長壽)는 인류의 오랜 소망이었다. 위생과 영양 상태, 높은 영아 사망률, 전란과 전염병의 창궐로 육십갑자의 갑(甲)으로 되돌아오는 일[還甲]조차 힘들었던 전근대의 사람들은 무병 무탈하게 오래 사는 것이야말로 최고의 복이라고 생각했다.

초등학교에 다닐 무렵 벌어졌던 친할머니의 환갑잔치는 아직도 내 기억 속에 생생하다. 큰집 마당에 천막을 치고 온 가족과 동네 사람들이 모였다. 커다란 잔칫상에 높다랗게 쌓였던 유밀과와 형형색색의 과자는 얼마나 탐스럽고 유혹적이었던지! 자손들이 차례로 절을 하고 출장 사진사 앞에서 가족사진을 찍었다. 모두가 할머니에게 덕담하고 축하했다. 그 세대야말로 가난과 식민과 전쟁의 불행을 뚫고 살아남은 것 자체가 커다란 축복이었다.

그때로부터 고작 30여 년이 지났다. 그동안 우리 사회는 얼마나 어떻게 달라진 것일까?

무지이거나 무심함이거나

한국콘텐츠진흥원에서 운영하는 문화콘텐츠닷컴 문화원형 라이브러리에 소개된 기로소 터 표석의 위치는 광화문역 2번 출구 100미터 지점 광화문 시민열린마당 정문에서 왼쪽 화단을 따라 30미터 정도 돌면 나오는 화단 내에 있다고 했다. 그런데 룰루랄라 찾아간 그곳엔 4·19 기념탑과 육조(六曹)를 상징하는 벽만 있을 뿐 아무리 찾아봐도 표석 비슷한 게 없다. 화단을 몇 바퀴나 뺑뺑 돌다가 관리소에 찾아가 물어보니 시민열린마당 내에는 그런 거 없단다.

'멘붕'하려는 '정신줄'을 부여잡고 다시 검색해보니 동판 형식의 기로소 터 표석이 광화문광장 교보생명과 KT광화문지사 빌딩 사이 앞쪽에 위치한다고 한다. 그런데 교보생명과 KT광화문지사 빌딩 사이에는 아무것도 없고, 교보생명 안내데스크의 직원에게 물어보아도 빌딩 주변에 그런 거 없단다. 기로소 터 표석은 대체 어디에 있는 걸까? 한참을 헤맸다. 누굴 붙잡고 물어볼 수도 없다. 선돌도 아니고 바닥에 동판으로 깔려있다니 누가 눈여겨보고 일러줄 것인가? 모르는, 관심 없는,

잊혀진 역사가 꼭 그런 모양새다.

광화문광장은 좀 이상한 곳이다. 나는 아무래도 그곳을 광장이라고 부르기 어렵다. 광장은 공공의 목적을 위해 여러 갈래 길과 사람들이 모일 수 있도록 넓게 만든 마당일진대, 세종로 한가운데 길쭉하게 자리한 광화문광장은 길이 모이는 것도 아니고 사람이 모이기도 불편한 곳이다. 그저 이순신 장군과 세종대왕이 뻴쭘하게 앉고 선 채로 외국인 관광객들과 견학 온 학생들의 사진 배경이 되어주고 계시다.

그나마 참여와 소통의 공간이라는 광장의 고전적 의미가 되새겨지는 건 광장 입구에 서있는 세월호 '기억의 문'과 분향소와 천막 카페다. 시간 앞에서 잊지 말자고 말하는 일은 얼마나 허망하고도 엄중한가! 캐리커처로 그려진 아이들의 영정이 놓인 분향소에 꽃 한 송이를 바쳤다. 지난해 나는 그들 중 두 아이의 짧은 생애를 약전(略傳)으로 쓰는 작업에 참여한 바 있다. 나의 아이들도 있었다. 사진에서 봤던 꼭 그 모습으로 얌전하고 순진하게, 그림 속에 영원히 갇혀있었다.

다시 떨어진 동전닢을 주우려는 꼴로 바닥을 살피며 어슬렁거리다가…… 마침내 찾았다! 교보생명과 KT광화문지사 빌딩 사이가 아니라 빌딩 바로 맞은편, 세종대왕 님의 왼쪽 옆구리 대각선 방향에 기로소 터 표석이 숨죽인 듯 깔려있다.

그런데 『광화문 육조앞길』을 펴낸 이순우 씨에 따르면 이 표석조차 제자리가 아닌 엉뚱한 곳에 있다고 한다. “일제강점기 중반까지도 건물이 남아있었고, 1910년대에 제작된 지적도에 ‘광화문통 149번지와 150번지’라고 지번까지 나온다”는 기로소 터 표석은 KT광화문지사 빌딩이 아닌 교보생명 빌딩 앞쪽에 있어야 정확하다는 것이다. 어쩌다가 이런 착오가 빚어졌는지 모르겠다. 무지이거나 무심함이거나, 어쩌면 그 두 가지 모두 때문이었을 것이다.

기로소는 조선시대에 정이품 이상 관직을 지낸 70세 이상의 고위 문신에 대한 예우를 위해 설치된 관청이다. 태조 3년(1394)에 설치되어 조선왕조가 끝날 때까지 유지되었다. 국왕도 나이가 들면 일정한 의식을 거쳐 이곳에 들어갔다. 현재로 보면 고급 국립 경로당인 셈이다.

마음의 자리를 본래 있었다는 기로소 터의 자리로 몇 발자국쯤 옮겨, 이곳을 드나들었던 노옹(老翁)들을 상상해본다. 기로소에서는 봄가을 두 차례 술과 음악과 선물이 넘치는 성대한 잔치, 기로연을 베풀었다. 기로소에 입소한다는 것은 단순히 장수를 축하하는 의미를 넘어 권위 있는 연장자로서 연륜

•광화문광장과 기로소 터 표석.

과 지혜를 인정받는 일이었기에 모두가 흠뻑 취하고 즐거이 놀았다.

평범한 노인정은 아니었던 바 문신들 외에도 태조와 숙종과 영조와 고종, 4명의 임금이 기로소에 입소했다. 원칙적으로는 70세 이상이라지만 기로소에 들어간 임금들의 나이는 태조 60세, 숙종 59세, 영조와 고종은 망육순(望六旬), 즉 60을 바라보는 나이라고는 하나 실제로는 51세였다. 노인 공경이라는 유교의 덕목을 백성들에게 펼쳐 보일 목적이었던 게다.

기로소에 들어간 임금이 고작 4명이라는 사실로 미루어 짐작할 수 있듯, 기실 조선의 왕들은 그리 오래 살지 못했다. 조선의 임금 27명 중 가장 많은 숫자인 7명이 30대에 죽었고(문종, 성종, 인종, 명종, 현종, 경종, 철종), 60세를 넘긴 왕은 고작 6명뿐이다(태조, 정종, 광해군, 숙종, 영조, 고종). 사인은 등창, 중풍, 폐결핵, 당뇨 등이었는데 과식, 과음, 과색 등 욕망의 과함도 문제였지만 무엇보다 큰 것은 과중한 업무와 과도한 스트레스였다.

조선의 국왕 중에 가장 오래 살았던 임금은 단연 21대 왕 영조다. 그렇다면 영조는 그토록 길었던 노년과 죽음의 두려움 앞에서 무엇을 생각하고 느꼈을까?

끝없이 민망하다,
긴 밤이 민망하다

'센 머리털이 절반이나 된다'는 뜻의 반백(半白)이 100세의 절반인 반백(半百)과 동음이기에 조선 사람들은 대략 50세부터를 노년기로 파악했다. 왕실의 기록에도 육순이 아닌 오순(五旬)을 기념하는 잔치를 베푼 것이 종종 나타난다.

영조는 51세의 나이로 기로소에 들었다. 숙종이 59세로 기로소에 입소한 다음 해에 세상을 떠난 전례로 미루어보아 아무리 오래 머물러봐야 10년을 크게 넘겠는가 싶었을지도 모른다. 그런데 그 시간이 생각보다 훨씬 길었다. 영조는 83세까지 52년을 재위하며 조선 국왕 중에 가장 장수한 왕이 되었다. 심지어는 69세에 28살짜리 아들 사도세자를 뒤주에 가둬 죽인 후로도 14년이나 더 살았다. 기로소에는 무려 32년이나 속했던 것이다.

하지만 『조선왕조실록』의 기록과 직접 쓴 어제(御製)를 통해 드러난 영조의 노년은 마냥 복록(福祿)이 넘치는 행복한 노인의 모습이 아니다. 74세가 되던 해 『조선왕조실록』에는 "아! 나이 팔순이 가까워지니 자연히 귀머거리가 된 자나 다름이 없고, 아! 쇠약한 나이가 되니 곱절이나 혼미해졌다"는 영조의 넋두리가 등장한다. 이때부터 조금씩 신체적 증상을 통해 자신의 노년을 자각한 듯한데 그나마도 약간은 엄살기가 있다. 79세에는 공부를 하다가 깜박깜박 조는 자신을 발견하고 화들짝 놀라며, 식욕과 성욕과 수면욕까지 모두 퇴화해 버렸음을 고통스럽게 고백한다.

끝없이 민망하다. 끝없이 민망하다.

82세, 82세

아! 요즘은, 아! 요즘은

잠은 이길 수 있으나, 잠은 이길 수 있으나

기운은 희미해지고 아찔하다. 기운은 희미해지고 아찔하다.

정말 너무 심하다. 정말 너무 심하다.

신분이 낮은 어머니 숙빈 최씨의 아들로 태어나 평생을 콤플렉스와 싸우며 왕권을 강화하고 치적을 쌓기에 골몰했던 영조도 결국 세월 앞에 나약한 한 인간으로 무릎을 꿇고만 것이다. 마지막까지 영조를 괴롭힌 것은 불면증이었다.

금계에게 물었다. 금계에게 물었다.

언제 우느냐, 언제 우느냐.

83세, 83세

긴 밤이 민망하다. 긴 밤이 민망하다.

어제를 통해 읽어낼 수 있듯, 노인이 된 영조는 점점 까탈스러워진다. 의심과 불평은 더해지고 불쑥 치솟는 화증에 시달린다. 그럼에도 영조는 노년기에 들어 더욱 열정적으로 글을 쓰며 스러져가는 기억을 돌이키려 애쓴다. 노년의 고독과 우울, 돌이킬 수 없는 삶의 회한을 솔직하게 고백하며 글쓰기를 통해 치유받는다.

죽음이야말로 모든 인간을 평등하게 하는 것일까? 천지인(天地人)을 관통하는 존재이자 하늘과 땅을 잇는 인간, 하늘에 오직 하나뿐인 태양으로 상징되는 왕 역시 죽는 일 앞에서는 필부필부(匹夫匹婦)와 다름없었다. 카필라 왕국의 왕자 싯다르타는 늙고 병든 이를 보고 세속적인 삶의 무상함을 느껴 출가한다. 어떻게 사는가만큼 어떻게 죽는가가 중요하다. 어떻게 죽는가만큼 어떻게 사는가가 중요하다. 기로소 터 표석, 그 차가운 동판 앞에서 떼려야 뗄 수 없는 삶과 죽음을 망연히 생각한다.

• **기로소 터** 5호선 광화문역 2번 출구 KT광화문지사 맞은편 광화문광장 바닥의 동판.

그 여자와 그 남자가 헤어졌을 때

여성들의, 패자의, 약자의 역사는 기록되지 않는다.

그럼에도 불구하고 살아남는다면,

살아낸다면 그것은 기억된다.

전설로든 야사로든 떠도는 이야기로든.

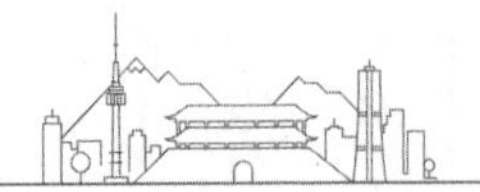

하늘이 울기 시작했습니다. 상처 입은 짐승처럼 뒤척이는 검은 물이랑 위로 빗방울이 독화살처럼 내리꽂히고 있었습니다. 땀이, 눈물이, 비가, 역류하는 피가 나의 몸과 혼마저 질펀하게 적셨습니다.

부인, 부디 자중자애하시오!

전하, 부디 옥체를 보존하소서!

우리가 나눈 마지막 말은 피맺힌 절규였지요. 제발 살아만 있어달라는, 살아서 다시 만난다면 아무 소원도 없으리라는, 삶의 아우성이고 비명이었지요.

졸작 『영영이별 영이별』의 후반부 한 장면은 바로 영도교 위에서 500여 년 전에 벌어졌던 일을 그려낸 것이다. 그 남자는 열일곱 살, 홍안의 소년이었다. 그 여자는 열여덟 살, 꽃송이같이 피어오르던 소녀였다.

세조 3년(1457) 6월, 이른바 '단종 복위 운동'의 실패로 단종은 상왕에서 폐위되어 노산군으로 강등된 채 창덕궁을 떠난다. 『세조실록』에는 궁을 떠난 노산군 일행이 세조의 별장인 화양정(현 광진구 화양동 소재)에 들러 내시 안로의 대접을 받은 뒤 광나루에서 배를 타고 한양을 떠난 것으로 되어있다. 하지만 조선 왕조사의 가장 극적인 장면 중 하나인 수양대군의 왕위 찬탈은 단종의 비극이 너무 강렬한 동시에 정치적으로 은폐되고 왜곡된 부분이 많은 까닭에 사실보다 훨씬 더 많은 전설과 야사로 남았다.

비밀은 거짓말을 낳는다. 그 거짓말은 'lie'이기도 하지만 'fiction'일 수도 있다. 서민층의 집단 창작인 전설과 야사는 사실을 말하는 일이 통제될 때 발설할 수 없는 비밀을 말하는 특유의 방식으로 발전했다. 그때의 거짓말(fiction)은 분명 사실(fact)은 아니지만, 어쩌면 사실보다 더 진실(truth)에 가까운 거짓일지도 모른다.

조선 백성들은 조카를 죽이고 왕위를 찬탈한 세조가 무섭고 미웠다. 태어나자마자 어머니를 잃은 데 이어 12세에 고아가 되어버린, 어리고 약한 죄로 끔찍하게 살해당한 단종이 불쌍했다. 남편은 죽고, 친정은 멸문지화(滅門之禍)를 당하고, 왕비에서 폐서인(廢庶人)되어 궁 밖으로 내쳐진 정순왕후 송씨가 너무도 가련했다. 그래서 하나하나 지어내기 시작했다. 고통을 넘어선 그들의 사랑과 그리움을, 진실로 믿고 싶은 거짓말을 만들어냈다.

오늘은 갈 곳이 많다. 마음이 바쁘다. 지하철 노선도를 들여다보며 열심히 동선을 연구했다. 그런데 열심이 지나쳤나, 결정적으로 동망봉 터 표석이 있는 곳이 숭인근린공원인지 동망봉 어린이공원인지 헷갈리는 바람에 보문역에서 내려 한참을 헤맸다. 낯선 동네에서 인터넷 지도에 의지해 낯선 길을 헤매는 일은 조금 답답하지만 크게 나쁘지는 않다. 내 힘으로 못 찾으면 동네 사람을 잡고 물어보고, 골목에 잘못 접어들었다면 뒤돌아 나오면 된다. 삶에서 그런 것처럼, 나는 헤매는 일에 익숙하다.

그리고 가끔은 소 뒷걸음질에 쥐를 잡듯 헤매다 뜻밖의 목적지에 다다르기도 한다. 엉뚱한 곳에서 동망봉을 찾다가 명신초등학교를 지나 낙산공원으로 가는 언덕 왼편에서 원각사 표지판을 발견했다. 절은 폐쇄되어 있지만 바로 옆에 『지봉유설』을 쓴 실학자 이수광이 살았던 비우당이 있고, 그 비우당 뒤곁에 목적지 중의 하나인 자주동샘이 있다. 본래 자주동샘 표석도 있었으나 철거되고, 비우당 표석에 "단종의 비 정순왕후 송씨가 폐위되어 영월로 간 단종을 기다리면서 이곳에 와서 빨래를 하였는데 빨래가 붉은빛으로 염색이 되었다는 전설이 있다"는 사연만 남아 있다. 그 내용이 내가 『영영이별 영이별』에 쓴 이야기와는 조금 다르다. 궁에서 쫓겨난 정순왕후는 당장에 생계가 막막하다. 사람들은 서슬 푸른 세조의 눈이 무서워 쌀 한 자루도 도와주지 못한다. 어쩔 수 없이 정순왕후는 거지로 산다. 그러다 산 입에 거미줄을 칠 수 없어 시녀들과 함께 염색 일을 해 연명한다. 『영영이별 영이별』에 나는 그 모습을 이렇게 썼다.

> 절구에 넣어 찧고, 끓이고, 주무르고, 말리고……. 원하는 빛깔이 나올 때까지 거듭 일을 반복하다보면 어깨와 허리와 삭신이 다 쑤시고 저렸습니다. 하지만 내게는 그 모두가 기꺼웠습니다. (중략) 바람 부는 날이 좋아졌습니다. 바람은 땀방울을 씻어내고 초벌로 물들인 옷감을 빠르게 말렸습니다. 마당 끝에 높은 장대를 세우고 옷감을 펼치면, 멀리 영월 땅에 홀로 잠들어 계신 당신을 향해 수인사를 하듯 휘날리는 그것이 보기 좋았습니다.

모진 운명, 구차한 목숨, 그럼에도 살아남기

정순왕후 송씨는 무려 82세까지 산다. 모진 삶을 견뎌낸 그녀의 마지막 거처는 정업원이다. 정업원 터 표석이 있는 청룡사에서는 마침 예불이 진행 중이라 발소리를 죽이고 명부전과 산령각, 심검당과 우화루를 둘러보았다. 고려의 마지막 왕인 공민왕의 후비 안씨가 첫 번째 주지였던 정업원은 후사가 없는 궁중 여인들이 말년을 의탁하는 비구니 절이었다. 예불을 마치고 나오시는 스님께 표석이 어디 있냐고 여쭈니 몸소 화장실로 내려가는 계단 오른편 쪽문으로 안내해 주신다. 그곳에 영조 47년(1771)에 세운 정업원구기(정업원 터 비석)가 있다.

"안에 비석 보고, 부처님께도 인사드리고 가세요!"

그분이 지금 청룡사의 주지인 진홍 스님이셨다. 친절한 스님께 비각 문까지 열어달라고 하긴 죄송해 잠긴 문틈 새로 영조의 어필(御筆)을 들여다보고(여기서 역사와 전설이 뒤섞이는데, 원래 정업원은 창덕궁에서 그리 멀지 않은 도성 안에 있었지만 정순왕후 송씨의 거처가 동대문 밖에 있었던 고로 전설에 따라 영

• 정업원구기가 위치한 청룡사 내 비각.

조 때 이곳에 비를 세우고 비각을 지은 것이다), 다시 대웅전에 들어가 삼배를 했다.

절을 한다. 무릎을 꿇고 머리를 조아린다. 절은 나를 낮추는 일이다. 스스로 깨닫고 간 거룩한 인간 앞에서 낮아지는 일이다. 무엇을 원하고 무엇을 빌어야 하나? 모든 것을 잃어버린, 아무 것도 갖지 못했던 정순왕후 송씨는 과연 무엇을 소망했을까?

청룡사 앞에 서니 찾아 헤매던 동망봉이 보인다. 재개발 지역 아파트 건설을 위해 쳐놓은 펜스를 따라 동망산길을 오르면 동망봉 터 표석과 동망정이 있는 숭인근린공원이 나타난다. 근방은 전형적인 서민 동네다. 골목과 계단, 작은 문들……. 왼편은 떠난 사람들이 남긴 빈터, 오른편은 아직 떠나지 못한 사람들의 삶터다. 더 깨끗하고 더 편리하고 더 새로운 집 앞에서 기존의 삶은 더럽고 불편하고 낡은 것이 되어버린다. 오른편 골목골목 작은 문 안에 살던 사람들 중에 왼편 새로 지은 브랜드 아파트로 옮겨가 살 수 있는 사람은 얼마나 될까?

숭인근린공원은 길을 경계로 둘로 나뉘어져 있다. 오른편 오르막길 위에 펼쳐지는 넓은 운동장을 우측으로 따라 돌면 장미 울타리 사이에 동망봉 표석이 있다. 그리고 다시 돌아나가 공원을 가로질러 왼편 끝까지 가면 후대에 지은 동망정이 나타난다. 전설에 의하면 단종과 헤어진 정순왕후 송씨는 시시때때로 동망봉에 올라 영월 방향인 동쪽을 바라보며 남편을 그리워했다고 한다.

하지만 지금은 동망봉에 서도 영월까지는커녕 동묘와 남산조차 시원스럽게 바라보기 힘들다. 아파트와 고층 빌딩에 가로막힌 시야는 헐벗은 봉우리 위에 홀로 서서 고통과 분노와

• 동망봉 위에서 바라본 전경.

• 동망봉 터 표석: 동망봉은 단종의 왕비인 정순왕후가 매일 아침저녁으로 단종의 명복(冥福)을 빌었던 곳이다. 영조 47년(1771)에 영조가 친히 '동망봉(東望峰)'이란 글자를 써서 이곳에 있는 바위에 새기게 하였으나 일제강점기 때 채석장이 되면서 바위가 깨어져나가 글씨는 흔적도 없이 사라졌다.

회한과 지독한 그리움을 곱씹었을 500년 전 그녀의 모습을 그려내기 어렵게 한다. 다시 상상력에 의지하는 수밖에 없다. 시민들이 즐겁게 배드민턴 시합을 하는 공원 한구석에 앉아 어지러운 건물들과 번잡한 시간을 조금씩 지워내본다. 그녀가 홀로 살아남아 견딘 65년은 어떠했을까?

> 왜 자진하지 않는가? 무슨 영화를 보겠다고 끈질기게 살아남아 있는가?

걸인에, 염색 일에, 비구니까지 된 그녀를 보고 어쩌면 사람들은 한편으로 측은한 눈길을, 다른 한편으로 의구심을 가득 담은 눈길을 보냈을 것이다. 그토록 참혹하게 남편을 잃고, 부모형제를 잃고, 혈육 하나 없이 치욕적인 삶을 살 바에야 차라리 스스로 목숨을 끊는 편이 낫지 않겠는가?

하지만 그녀는 살아남는다. 기어이 살아낸다. 단종과 수양대군의 권력 투쟁을 단종의 입장에서 그려낸 이광수의 『단종애사』나 수양대군의 입장에서 그려낸 김동인의 『대수양』과 다르게 내가 정순왕후 송씨의 삶에 주목한 까닭도 거기에 있다. 여성들의, 패자의, 약자의 역사는 기록되지 않는다. 그럼에도 불구하고 살아남는다면, 살아낸다면 그것은 기억된다. 전설로든 야사로든 떠도는 이야기로든.

표석이 사라져도
여인들의 마음은 남아있다

공연히 뺑뺑이를 돌았던 것이 무색하게 창신역에서 내리면 청룡사와 동망봉, 자주동샘을 쉽게 찾아갈 수 있다. 동묘역까지도 큰길을 따라가면 멀지 않다. 그런데 문제는 동묘역 3번 출구에서 청계천 영도교를 찾아가는 길이었다. 분명히 사전 정보로는 동묘역에서 영도교까지 가는 도중 서울다솜학교(옛 숭신초등학교) 정문 담벼락에 여인시장 터 표석이 있다고 했는데 아무리 눈을 씻고 찾아도 표석이 보이지 않는다.

게다가 그 골목 전체가 이른바 '동묘 벼룩시장'으로 변모해버린 탓에 사람에 밀리고 난전에 치여 정신이 쏙 빠진다. 골동품, 구제 옷, 가구와 장난감, 문구류와 과자까지……. 사고팔 수 있는 거의 모든 것이 끌려나와 있는 것 같다. 담벼락을 훑는 일을 대략 멈추고 내친 발걸음을 영도교로 향하니 그곳 역

• 청계천 영도교.

시 사정은 마찬가지다. 시장 상인들의 것으로 보이는 오토바이와 자동차들이 불법 주차를 해놓은 탓에 다리 위가 혼잡하기 이를 데 없다. 영도교라고 새겨진 머릿돌에도 누군가 붉은 스프레이를 뿌려놓아 보기 흉하다.

이곳에서 고즈넉이 선 채로 500년 전에 헤어진 소년과 소녀를 기억하는 일은 불가능할 듯하다. 악다구니 치는 삶의 한가운데에서 시간 여행자는 길을 잃는다. 하지만, 어쩌겠는가? 이것 또한 삶이다. 오늘 쓰이고 있는 역사다!

어느 날 간장과 잡곡밥이 전부인 밥상에 소채 반찬이 올랐습니다. 소금에 절여 무친 것이 전부였지만 간만에 맛보는 싱싱한 푸성귀였습니다.

어디서 난 남새인가?

동네에 채소시장이 열렸답니다. 거기서 팔다 남은 것을 덜어주기에 얻어들고 왔사옵니다.

(중략)

어둔한 나는 그로부터 한참이 지나서야 알았습니다. 나의 가련한 처지를 보다 못한 동네 부녀들이 부러 인근에 채소시장을 열어 내게 음식의 재료를 공급하려 했다는 것을. 그들이 덜어준 것은 남새 몇 단이 아니라 나를 진심으로 가엾이 여기는 여인들의 후하고 애틋한 마음이었습니다. 뜨거운 땅의 기운과 서늘한 하늘의 은혜로 청청하게 잎을 펼친 푸성귀를 꼭 닮은, 비천하나 오달진 여인들의 격려와 응원이었습니다.

주변 상인들을 붙잡고 물어보니 여인시장 터 표석은 학교 담장을 정비하는 과정에서 뽑아냈다고 한다. 뽑혀나가 어디로 사라졌는지 알 수 없는 표석보다 안타까운 것은 한양의 평범한 아낙들이 정순왕후 송씨를 위해 금남의 채소시장을 열었던 그 갸륵한 마음이 잊히는 것이다. 표석이 있던 지점에서는 붉은 파라솔 아래 '기적의 한방 크림'이 팔리고 있다. 바르면 3년쯤은 거뜬히 젊고 아름다워진다는데……. 우리는 정녕 그 때로부터 얼마나 아름다워졌을까?

- **정업원 터** 6호선 창신역 3번 출구 150미터 지점 청룡사 내 비각.
- **동망봉 터** 6호선 창신역 4번 출구 400미터 지점 숭인근린공원 정상의 체력단련장.
- **영도교 터** 1호선 동묘앞역 3번 출구 서울다솜관광고등학교 골목을 따라 300미터 지점 청계천 인근.

2장

오백 년 도시 산책

어쩌면,
'헬조선'과 '탈조선'의 유래

'헬조선'이라는 신조어와 함께 생겨난

'탈조선'이라는 단어는 뿌리가 뽑히는 듯한 아픔을 준다.

오늘날의 젊은이들이 꿈꾸는 그것이

400여 년 전 그때도 있었다면, 믿어지는가?

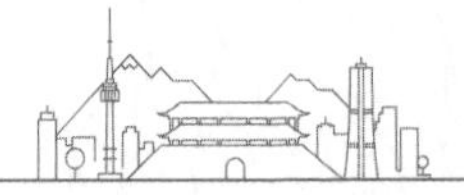

지옥(hell)과 조선(朝鮮)을 합성한 신조어로 삼포세대·N포세대 등으로 대변되는 청년층이 한국을 자조하며 일컫는 말이다. 말 그대로 '지옥 같은 대한민국'이란 뜻이다.

인터넷 백과사전에 게재된 '헬조선'이라는 신조어에 대한 설명이다. 이 같은 단어가 생겨난 데 대해 누군가는 젊은이들의 부정적인 현실 인식을 개탄하고 대한민국의 미래를 걱정한다. 하지만 어른이라면, 세상이 이 모양 이 꼴이 된 데 일말의 책임감이라도 느끼는 어른이라면, '요즘 젊은것들'의 나약함을 욕하고 '노오력'의 부족을 탓하기에 앞서 그들이 처한 상황부터 헤아려야 마땅하다. 강해지고 싶어도 자꾸만 약해지고, 아무리 '노오력'해도 질곡과 절망에서 벗어날 수 없는 젊은이들의 현실을.

애국이나 애족의 마음이 정신 교육으로 길러질 수 있다고 믿던 시절이 있었다. 민족의 우수성과 조상의 지혜를 강조하기 위해 보여주고 싶은 것만 보여주고 가리고 싶은 것은 가리며, 철저히 선별적이고 선택적으로 역사를 편집했다. 하지만 나라를 사랑하는 마음과 민족 정체성을 깨닫는 것은 선민의식이나 우월주의와 전혀 상관없다.

그것은 마치 사랑에 대한 잘못된 이해와도 같다. 진정한 사랑은 상대의 'doing(행위)'이 아니라 'being(존재)'에 기초한다. 이를테면 부모는 아이가 잘생겨서, 내 말을 잘 들어서, 공부를 잘해서, 남들에게 자랑할 만해서 사랑하는 것이 아니라 그냥 내 아이이기 때문에 사랑하는 것이다. '그렇기 때문에' 사랑하는 것이 아니라 '그럼에도 불구하고' 사랑하는 것이다. 그래서 나는, 애국심이란 차라리 운명애와 같다고 생각한다. 니체가 말한 아모르파티, 운명의 필연성을 인정하고 자신의 것으로 받아들여 사랑하는 것이다.

자기가 태어나고 자란 장소처럼 편안한 곳은 세상 어디에도 없다. 처음 배운 어머니의 말, 모국어처럼 자신의 의사를 잘 표현할 수 있는 언어도 없다. 그럼에도 불구하고 모국과 모국어를 떠나야 한다면, 떠나고자 한다면, 얼마나 큰 고통과 갈등이 있다는 것일까? '헬조선'이라는 신조어와 함께 생겨난 '탈(脫)

조선'이라는 단어는 뿌리가 뽑히는 듯한 아픔을 준다. 지옥으로부터 도망치다, 지옥에서 벗어나다……. 오늘날의 젊은이들이 생각하고 꿈꾸는 그것이 400여 년 전 그때도 있었다면, 믿어지는가?

경복궁을 불태운 자가 누구인가?

"불이야! 불이야!"

임진왜란(선조 25, 1592)이 발발한 지 17일 만에 임금과 관료 들이 피난해버린 한양성 안에서 돌연한 불길이 솟아오른다. 책임자는 어디에도 없고 버려진 백성들은 우왕좌왕한다. 불길은 맹렬하게 번져 경복궁을 태우고 내친김에 창덕궁과 창경궁까지 전소해버린다. 태조 3년(1394) 창건해 이듬해 완성한 위의당당한 조선의 정궁(正宮) 경복궁은 그렇게 하루아침에 잿더미가 되었다. 고종 4년(1867) 흥선대원군에 의해 중건이 완료되기까지 275년 동안 한양에는 경복궁이 없었다. 전쟁이 끝난 뒤 재건된 창덕궁이 정궁 역할을 대신했고 창경궁이 그를 보완했다.

무능하고 무책임한 지배층이 버리고 떠난 수도에서 과연 누가 궁궐에 불을 질렀는가에 대해서는 정설과 이설이 있다. 우선 정사(正史)의 기록인 『조선왕조실록』부터 살펴보자.

> 도성의 궁성(宮省)에 불이 났다. 거가(巨家)가 떠나려 할 즈음 도성 안의 간악한 백성이 먼저 내탕고에 들어가 보물을 다투어 가졌는데, 이윽고 거가가 떠나자 난민이 크게 일어나 먼저 장예원과 형조를 불태웠으니 이는 두 곳의 관서에 공사 노비의 문적(文籍)이 있기 때문이었다. 그러고는 마침내 궁성의 창고를 크게 노략하고 인하여 불을 질러 흔적을 없앴다. 경복궁·창덕궁·창경궁의 세 궁궐이 일시에 모두 타버렸는데, 창경궁은 바로 순회 세자빈의 찬궁(欑宮)이 있는 곳이었다. (중략) 유도대장(留都大將)이 몇 사람을 참(斬)하여 군중을 경계시켰으나 난민이 떼로 일어나서 금지할 수가 없었다.

『선조수정실록』 26권, 선조 25년(1592) 4월 14일의 기사에 경복궁을 방화한 자는 노비 문서를 없애버리고자 했던 난민들이라고 나온다. 하지만 『선조수정실록』은 인조반정 후에 새로 쓴 기록이고, 그보다 40년 전인 광해군 때 쓰인 『선조실록』에는 누가 불을 질렀는가에 대한 명시가 없다. 선조를 보필하고 피난길에 올랐던 류성룡이 쓴 『징비록』에도 "고개를 돌려 도성 안을 바라보니 남대문 안 큰 창고에서 불이 일어나 연기가 이미 하늘에 치솟았다"고만 쓰여 있다. 그래서 일부 연구자들은 『선조실록』과 『선조수정실록』의 기록이 엇갈리는 것을 북인과 서인의 정치적 입장 차이로 설명하기도 한다.

그런가 하면 왜군 측의 기록을 참고해 이설을 제시하는 이들도 있다. "안으로 들어가보니 궁전은 텅 비어 있었다. (중략) 궁궐은 구름 위에 솟아있고 누대는 찬란한 빛을 발하여 그 아름다운 모습은 진나라 궁전의 장려함을 방불케 하더라!" 고니시 유키나가의 휘하 장수가 쓴 『조선정벌기』 5월 3일자 기사와, "금중에 들어가니 궁전은 모두 초토로 변해있었다"는 종군 승려가 쓴 『서정일기』 5월 7일자 기사를 근거로 경복궁은 조선 백성들이 아니라 일본군이 불태웠다는 주장이다.

하지만 전쟁 상대국의 수도에 입성하는데 전투 한번 치르지 않고 '날로 먹은' 왜군이 굳이 멀쩡한 궁궐들에 불을 놓을 까닭이 없으며, 북인과 서인이 정치적 입장이나 사관 때문에 방화범의 정체를 바꾸었다는 건 더더욱 어불성설(語不成說)이

• 장예원 터 표석(위): 장예원은 조선시대에 노비 장부를 관리하고 노비 관련 소송을 담당하던 관청이다. 조선 초기에 설치되었고 1764년(영조 40) 형조에 소속되어 보민사(保民司)로 바뀌었다.

• 형조 터 표석(아래): 형조는 재판·법 집행·노비를 담당하는 관청이었다. 법률 조항에 대해 유권 해석을 내리고, 왕이 사형수의 죄를 심의할 때 실무를 담당하였다. 지방관이 판결하였던 송사를 수리하여 재판을 진행하는 등 상급 법원의 역할, 형률 집행과 죄수 관리 등의 업무도 담당하였다. 노비와 관련한 송사는 산하에 별도로 장예원이라는 관청을 두어 맡게 하였다.

다. 북인이 아니라 북인 할아버지, 서인이 아니라 서인 할아버지라도 자기들의 이익 앞에서 지배층은 언제나 하나다. 남녀유별(男女有別)과 노주구별(奴主區別)을 금과옥조로 내세웠던 그들이 행여나 분노한 노비들이 노비 문서를 없애기 위해 궁궐에 불을 놓았다는 위험한 사실을 날조해 기록했을 리 없다.

임금이 도망쳤다. 그토록 고귀하다던 종묘사직과 신주까지 몽땅 왕자에게 떠넘기고, 아예 명나라까지 망명할 각오로 떠났다. 잘난 양반네들도 제 살 길을 찾아 흩어졌다. 한강 다리를 끊기까지야 하지 않았지만 저희 목숨 건지겠다고 소리 소문도 없이 야반도주했다. 적군보다 더 미운 것이 그들이다. 죽음보다 끔찍한 삶이다.

"불타라! 몽땅 타버려라! 비인간, 숨 쉬는 물건, 죽어서도 벗어날 수 없는 천것의 굴레야!"

장예원과 형조를 태우려 했다. 그러다 경복궁과 창덕궁과 창경궁까지 불탔다. 그들을 억압했던 모든 것이 불탔지만, 그들은 끝내 자유가 될 수 없었다.

입의 개수로 헤아려지던 자들

광화문역 8번 출구 옆 지하철 엘리베이터 앞 왼쪽 화단에 있다던 장예원 터 표석이 온데간데없다. 자주동샘과 여인시장 터의 경우와 같이 철거된 모양이다. 세종문화회관 앞 바닥에 박힌 형조 터 표석만 보고 집에 돌아와 서울시 홈페이지를 확인했다.

예상대로 2014년 말부터 역사적 사실이 아닌 민담에 근거했거나 애초에 잘못된 위치에 설치되었던 표석들을 철거하고, 주변 환경과 조화롭지 못하거나 보행에 불편을 주는 경우 디자인을 바꾸거나 이전 설치하는 것으로 대대적인 표석 정비 사업을 벌였다는 공지가 있다. 문제는 이런 변경 사항이 인터넷 포털사이트에서 검색하면 제공되는 지식백과와 그에 내용을 제공한 문화콘텐츠닷컴에 여전히 반영되지 않고 있다는 점이다.

더 이상의 헛걸음을 멈추기로 했다. 길을 모르면 아는 사람에게 물으면 된다. 얼마 전까지 칼럼을 연재했던 서울시 커뮤니티 〈내 손안에 서울〉 담당자의 소개를 받아 역사문화재과 김용수 주무관에게 협조를 구했다. 그는 서울 시내 표석에 관한 한 누구도 따라올 수 없는 전문가였다. 정비 사업을 시행하며 모든 곳을 발로 누볐을뿐더러 표석에 대한 갖가지 민원을 받았고, 받고 있기 때문이다.

현재 장예원 터 표석은 세종문화회관 오른편 2차선 도로 건너편에 있는 국호빌딩 앞 녹지 부근에 자리하고 있다. 막상 찾아가서 확인하니 왜 표석의 위치에 대한 민원이 특별히 많은지 이해할 수 있다. 지금은 건물 이름이 국호빌딩이지만 인터넷 지도에서 주소를 찾으면 아직도 삼보빌딩으로 나온다. 역사적 사실의 오류도 논쟁거리지만 이런 식으로 주인이 바뀌어 빌딩 이름이나 상호가 교체되는 경우도 숱한 게다.

물론 역사적 사실을 정확하게 알고 오류를 바로잡는 것은 중요하다. 하지만 지엽적인 문제에 너무 매달리면 본질이 흐려질 수밖에 없다. 이곳을 찾아 살피며 기억해야 할 보다 중요한 것은 천한 신분으로 태어나 평생을 살며 사람이되 사람 취급을 받지 못했던 노비들의 한과 울분이다. 심지어 그들의 수를 헤아리는 단위가 사람[人]이 아니라 입[口]이었다는 사실은, 전쟁이 터져 나라가 백척간두(百尺竿頭)에 처한 지경에도 물밀어오는 외적에 대항하기는커녕 왕궁에 불을 질렀던 하층

계급의 분노가 무엇으로부터 비롯되었는지를 되새기게 한다.

노비는 기득권층의 재산이었다. 입으로는 중화의 예를 달고 사는 선비들이 노비 문제에 있어서만은 명나라 쪽으로 고개도 안 돌리고 모르쇠를 잡았다. 명나라의 노비제는 고공제(雇工制), 즉 노비를 소유하는 게 아니라 머슴처럼 노동력을 사는 형식이었기 때문이다.

그런데 이런 문제를 이야기할 때 가장 쉽게 생기는 오해는, 그때의 그 노비들을 나와 아무런 상관없는 존재로 느끼는 것이다. 노비의 수는 생각보다 꽤 많았다. 아니, 우리가 조상이라고 흔히들 믿는 양반의 수가 (조선 후기 족보 매매·위조로 전체 인구의 70퍼센트 이상으로 폭증하기 전까지) 턱없이 적었다. 미국의 한국학 전문가 제임스 팔레 교수는 "전체 인구에서 노비의 비중이 30퍼센트를 훨씬 넘은 18세기 중반까지 한국은 노예제 사회"였다고 주장하기도 했다.

그런데 그 '헬조선'에서 노비보다 더 밑바닥에 자리한 이들도 있었다. 임진왜란이 끝날 무렵 퇴각하는 왜군이 문화재와 서적을 약탈하고 도공과 장인들을 납치해 데려갈 때, 항구를 떠나는 왜선을 향해 뛰어들어 헤엄치는 조선인들이 있었다. 그렇게 '탈조선'의 선구자가 된 그들은 바로 인간이라기보다 짐승 취급을 받았던 팔천(八賤) 중에서도 하층인 백정들이었다고 한다.

단 한 줄의 법조문만 있는 나라

장예원 터 표석으로부터 경복궁을 향해 걷는다. 공조, 형조, 병조 표석들이 발밑에 차례로 지나간다. 옆얼굴과 귓불이 뜨겁다. 횃불을 든 성난 군중들이 그 길을 달려가고 있다.

"어서 멈춰라! 멈추지 않는 자는 베겠다!"

유도대장이 앞서 달리던 몇몇의 목을 베어 날린다. 하지만 피를 본 군중은 더욱 흥분할 뿐이다. 솟구친 피가 불꽃같다. 불똥이 핏덩이처럼 뚝뚝 떨어진다. 한여름 한낮의 내 더딘 걸음으로도 장예원에서 해치상이 있던 곳(정부청사 앞 작은 횡단보도 건너)까지는 5분밖에 안 걸린다.

소설가 한창훈의 책 『행복이라는 말이 없는 나라』에서 이런 대목을 읽었다. 《녹색평론》 발행인 김종철의 글 중에 〈단 한 줄의 법조문만 있는 나라〉라는 칼럼이 있다고 한다. 그 내

• 광화문광장에서 바라본 광화문.

용인즉슨, 언젠가 남대서양에 있는 트리스탄 다 쿠냐라는 화산섬에 영국군이 잠시 주둔했다가 거친 환경 탓에 철수를 했다. 그런데 한 하사관 가족이 그곳에 남아 공동체를 꾸렸는데 그곳의 법은 단 한 줄뿐이었다.

> 누구도 특권을 누려서는 안 되고 모든 사람은 평등하게 간주된다.

어쩌면 '헬조선'을 '탈조선'하여 가고팠던 곳이 그런 나라는 아니었을까?

- **장예원 터** 5호선 광화문역 9번 출구 건너편 국호빌딩 옆 보도 녹지.
- **형조 터** 5호선 광화문역 9번 출구 건너편 세종문화회관 앞 버스정류장 바닥.

가파른 길 위,
조용하지만 뜨거운
책의 집

우리는 여전히

수많은 문자의 숲에 둘러싸여 있지만,

그것은 '읽기'라기보다 '보기'의 행위에 가깝다.

무수한 글자를 본다. 하지만 읽지는 않는다.

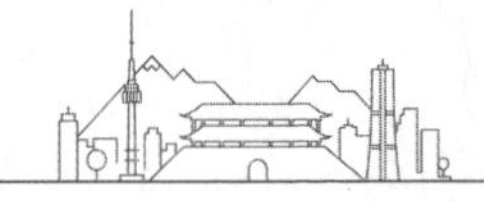

가을에는 '독서의 계절'이라는 별칭이 붙어있다. 더위가 물러가고 추위가 오기 전 하늘은 청명하고 바람은 선선하니 책 읽기에 딱 좋은 날씨라는 의미일 테다. 물론 날씨는 좋다. 하지만 책을 읽기에만 좋은 게 아니라 밖으로 놀러 나가기에도 좋다. 만산홍엽(滿山紅葉)이요 수확한 먹거리 또한 풍부하니 어디를 가도 눈과 입이 즐겁다. 그러니 정작 독서의 계절이라는 가을에 책 판매 매출이 떨어지는 게 이상치 않다. 출판계와 서점가에서는 여름과 겨울, 학생들의 방학과 겹치는 계절을 주요 매출 시기로 잡는다. 이열치열(以熱治熱), 이한치한(以寒治寒)이 책 읽기에도 통하는 것일까?

책의 위기, 출판의 위기라는 말이 나온 지 이미 오래되었다. 한국인의 독서 시간은 하루 평균 6분, 성인 10명 중 3명은 1년에 단 한 권의 책도 읽지 않는다고 한다. 지하철을 타면 모두가 손바닥 안의 스마트폰을 들여다보기 바빠 책을 읽는 승객을 찾아보기가 하늘에 별 따기이며, 읽지 않으니 쓰고 펴내기도 위축되기 마련. 실제로 책을 팔아 밥을 먹고사는 생계형 작가들은 날이 갈수록 줄어드는 수입에 전직(轉職)마저 심각하게 고민해야 할 지경이다.

2015년 OECD가 발표한 'OECD 직업 역량 전망'에 의하면 한국은 일본에 이어 세계 2위로 문맹률이 낮은 나라다. 문맹률이 최저라는 것은 과학적인 언어를 창제하신 세종대왕 님께 감사하며 자랑삼을 일이겠으나, 실질문맹률이 충격적으로 높다는 사실은 감히 드러내 말하기 부끄럽다. '국제 성인 문해 조사'의 도구를 한국에 적용한 2001년의 조사 결과, 고졸 이상을 비롯해 특히 대졸 이상 고학력자의 문서 문해력(文解力)이 OECD 국가 가운데 최하위인 것으로 나타났다. 모두가 글자를 읽고 쓰지만 그 뜻을 정확히 이해하고 응용까지 할 수 있는 사람은 별로 없다는 뜻이다. 한마디로 '눈 뜬 장님들의 나라'인 게다.

글자를 알되 뜻을 모르는 것은 제대로 읽지 못하기 때문이다. 독해와 논리와 추론 능력이 모두 동원되는 독서를 통해 글을 읽지 않았기 때문이다. 우리는 여전히 수많은 문자의 숲에 둘러싸여 있지만, 문자를 통해 정보를 얻고 감정과 의견을 전달하지만, 그것은 읽기라기보다 보기의 행위에 가깝다. 무수한 글자를 본다. 하지만 읽지는 않는다.

그렇다고 독서 '운동'을 벌여 독서를 '장려'하는 것으로 문제를 해결하려고 하는 것은 한국인의 독서가 빈약한 원인을 개인적인 무지나 무식, 나태에서 찾는 일에 다름 아니다. 그런 '계몽'은 책읽기를 즐거운 일상이 아니라 의무이자 또 하나의 '일'로 만들어, 읽는 사람을 누추하게 하고 읽지 않는 사람을 주눅 들게 한다.

독서를 위해서는 우선 독서를 위한 환경이 만들어져야 한다. 독서를 위한 환경이라면 으리으리한 도서관과 푹신한 의자와 완벽한 정적과 향기로운 차…… 따위가 마련될 게 아니라 우선 여분의 시간이 있어야 한다. 시간이 남아서 몸과 마음이 여유로워야 한다. 그리고 스마트폰을 비롯해 말초적인 감각을 자극하는 문명의 기기들에 노출된 상태를 최대한 피해야 한다. 오직 '스스로 그러한' 자연과 함께 심심하고 적적하게 머무르면 그만이다. 그 심심하고 적적함이 넘쳐 지루하고 쓸쓸해질 때 독서는 그야말로 자연스럽게 심심파적의 가장 좋은 방편이 된다.

오직 독서에만 전념하라!

조선 국왕 중에 호학(好學)의 군주라면 단연 세종과 정조 임금을 손꼽는다. 그중에서도 세종대왕은 대업을 이을 세자도 아니고 공부해봤자 화근거리만 되는 대군 시절부터 밤늦게까지 등불을 밝히고 책을 읽어 눈병이 날 정도의 책벌레였다. 부왕에게 칭찬을 들으려고, 신하들에게 채근당하지 않으려고, 어려서부터 억지로 익힌 습관으로 책을 읽지 않았다. 그냥 좋아했다. 마냥 열광했다.

세종대왕은 알면 알수록 경이롭고 존경스러운 임금이지만 그가 만약 직장 상사라든가 조직의 선임이었다고 생각하면 조금 과장해 모골이 송연할 지경이다. 부하 직원이나 후임보다 더 열심히 일하고 고민하고 실행한다. 업무를 지시하지만 담당자보다도 자세히 그리고 정확히 상황을 파악하고 있으며 요즘식으로 말해 '빅픽처', 조선 전체를 화폭으로 삼아 큰 그림을 그리고 있다.

세종 8년(1426) 12월, 임금이 집현전 부교리 권채 등을 불러 명한다.

“내가 너희들에게 집현관을 제수한 것은 나이가 젊고 장래가 있으므로 다만 글을 읽혀서 실제 효과가 있게 하고자 함이었다. 그러나 각각 직무로 인하여 아침저녁으로 독서에 전심할 겨를이 없으니, 지금부터는 본전(本殿)에 출근하지 말고 집에서 전심으로 글을 읽어 성과를 나타내어 내 뜻에 맞게 하고, 글 읽는 규범에 대해서는 변계량의 지도를 받도록 하라!”

이른바 ‘사가독서(賜暇讀書)’의 시작이다. 한마디로 유급 휴가를 줄 테니 직무에 시달리느라 읽지 못한 책을 마음껏 읽으라는 뜻이다. 그런데 그렇게 선심을 쓰고 끝이 아니다. 사가독서를 시행한 후 1년이 지나자 다시 권채를 불러서 고요한 곳에서 글을 읽으면 어떤 효과가 있는지 확인한다. 벽창호 곁에는 아첨하는 간신배들뿐이지만 소통하는 군주에게 신하들은 직언한다.

“별다른 효과는 없는데 다만 마음이 산란하지 않을 뿐입니다.”

사가독서의 혜택을 보았던 또 다른 신하 김자는 이렇게 말한다.

“집에 있으면 사물과 빈객을 응접하지 않을 수 없으므로, 산속에 있는 한가하고 고요한 절만 못합니다.”

그러니 임금이 신하의 말을 그대로 따른다. 집 대신 절로 보내 상사독서(上寺讀書)를 실시한 것이다.

지금 대학에서 실행하는 교수 안식년 혹은 연구년과 유사한 성격을 보이는 이 제도는 세조가 왕위를 찬탈해 37년 연혁의 집현전을 혁파하면서 폐지된다. 그러다 세종 워너비인 성종에 의해 부활하는데, 정책적으로 유교가 강화된 시대 정황상 사찰을 대신해 상설 국가 기구인 독서당이 등장한다.

성종 22년(1491) 용산에 있는 폐사(廢寺)인 장의사를 수리해 처음으로 독서당을 열었다. 이를 남호(南湖) 독서당이라 불렀으며, 이후 중종 때 두뭇개(지금의 옥수동)로 옮겨 동호(東湖) 독서당이라 했다. 알면서 지나다니는 사람은 거의 없겠지만, 지금의 한강 다리 중 동호대교의 유래가 바로 동호 독서당에 있다.

성군은 학자를 사랑한다. 독서당은 전액 국비로 운영되었다. 그에 더해 임금이 특별히 배려한 하사품과 궁중에서 만든 맛있고 영양가 있는 음식들이 끊이지 않았으며, 명마(名馬)와 옥으로 장식한 수레 및 안장을 하사하는 일도 빈번했다. 성군이 총애하고 우대한 것은 단순히 학자 개개인이 아니었다. 국력과 민의를 창달할 지혜롭고 유능한 인재였다.

독서당로에서 길을 묻다

지하철을 타고 지나치기만 했던 옥수역에서 처음 내려보았다. 지도상으로 옥수역에서 옥수동 428번지 옥수극동아파트까지는 그리 멀지 않아 보이는데 뜻밖의 변수는 깎아지른 듯 가파른 오르막길이다. '깎아지른 듯'이 아니라 실제로 남산 지류인 매봉산 자락을 깎아 길과 집터를 만들었다. 웬만하면 걸어서 갈 텐데 도저히 안 되겠다. 옥수역 앞에서 마을버스 9번을 타고 4개의 정거장을 올라가니 옥수극동아파트가 나온다. 오늘 찾아가는 독서당 터 표석은 바로 그 아파트 단지 정문 화단에 고인돌을 닮은 돌비석의 형상으로 조성되어 있다.

그리고 푯돌 하나만으론 섭섭했던지 책을 펼친 모양의 철물을 옆에 두어 독서당의 효시와 내력에 대해 설명하고 있다. 조선의 천재 율곡 또한 이곳에 머무르며 『동호문답』을 지었다는데, 조선의 학문을 총괄하는 홍문관 대제학은 독서당 출신이 아니면 임용될 수조차 없었으니 그 위세가 자못 짱짱하였다. 어쨌거나 독서당에 대한 후손들의 성의는 제법 갸륵하다. 한

• 독서당 터 표석: 조선시대 뛰어난 선비들에게 특별 말미를 주어 글을 읽게 한 독서당 터. 일명 '동호당(東湖堂)'이라 하였다.

남오거리에서 시작해 응봉삼거리까지 한남동과 옥수동, 금호동, 응봉동, 행당동을 끼고 오르내리는 10리가 조금 안 되는 4차선 도로의 이름이 독서당로다. 지금도 옥수동 3통 일대는 한림말(한림마을)이라 불린다는데, 한림(翰林)은 예문관 검열(檢閱)을 통칭하는 말로 풀이하면 '선비가 글 읽던 독서당 마을'이란 뜻이다.

하지만 쓸쓸하고 씁쓸한 것은, 표석을 찾아다니는 동안 언제나 느끼듯 덩그마니 놓인 조형물 하나론 특별한 공간적 정취를 도무지 느낄 수 없다는 사실이다. 독서당이 사라진 독서당 터에서는 학자들이 책을 읽다가 피로해지면 고개를 들어 멀리 눈길을 던져 바라보던 유유한 한강이 전혀 보이지 않는다. 서늘한 마루와 따뜻한 방에서 고요히 책을 읽다가 때로 지기(知己)들이 마음을 맞추어 강 건너 압구정까지 배를 타고 유람하며 한강의 풍경을 즐기기도 했다는데, 아파트의 숲속에선 그 상상조차 버겁다.

이름만 돌에 새겨 남겨두는 것이 아니라 뜻을 마음에 새길 수 있게 하는 도시 계획은 애당초 불가능했던 것일까? 일대에 대규모 아파트촌이 형성된 시기가 1990년대 중후반이니 그때까지도 도시 계획이고 문화고 역사 따위가 한국 사회엔 무의미했던 게다. 누군가에겐 당장 분양할 아파트 단지 하나가 더 중요했을지 모르지만, 어쩌면 조선조 옥당(玉堂)인 홍문관이나 집현전 못지않게 중요한 기관으로 평가되었던 독서당이 있었던 곳에 책 읽는 마을을 조성하는 게 장기적으로 그 누군가 그토록 좋아하는 경제적 이익에 더 들어맞았을지도 모르는데. 문화 콘텐츠며 스토리텔링이며 뒷북을 둥둥 울리는 게 허망하다.

•옥수동 인근 한강 전경. 동호대교가 한강을 가로지르고 있다.

커다란 집을 짓는 자는 먼저 재목(材木)을 몇십백 년 동안 길러서 공중에 닿고 구렁에 솟은 연후에 그것을 동량(棟梁)으로 쓰게 되는 것이요, 만 리를 가는 자는 미리 준마의 종자를 구하여 꼴과 콩을 넉넉히 먹이고 그 안장을 정비한 연후에 연나라와 초나라의 먼 곳에 닿을 수 있는 것이다. 국가를 경영하는 자가 어진 재사(才士)를 기르는 것이 이와 무엇이 다르리오. 이것이 곧 독서당을 지은 까닭이다.

성종 때 2년 동안 사가독서의 혜택을 보았던 문신 조위가 쓴 「독서당기」의 한 구절을 되뇌며 올라갔던 길을 되짚어 내려온다. 집을 짓기 위해서는 나무를 심고, 먼 길을 가기 위해서는 말을 기르고, 나라를 경영하기 위해서는 인재를 기른다. 그것이 조상들께서 가파른 길 위에 조용하지만 뜨거운 책의 집을 지은 뜻이었다.

요즘 독서당길 일대는 한적함을 무기로 한 상권이 개발되어 고급 카페나 이색 점포들이 들어서는 중이라 한다. 현대의 고요함과 한가함은 학구열이 아니라 임대료와 권리금을 높인다. 내리막길에 발끝이 위태롭다. 소란한 세상에 냉가슴이 먹먹하다. 우리는 과연 나아가고 있을까? 나아간다고, 나아지고 있는 것일까?

• **독서당 터** 3호선 옥수역 6번 출구 300미터 지점 옥수극동아파트 정문 옆.

끓는 물에 삶아 마땅한 죄

탐관오리가 가마솥에 들어간다.

하지만 얼마 지나 솥뚜껑이 열리면 멀쩡히 살아 나온다.

죄인은 가족이 준비해둔 관에 들어가 눕고 장례를 치른다.

그는 살아있는 유령이다.

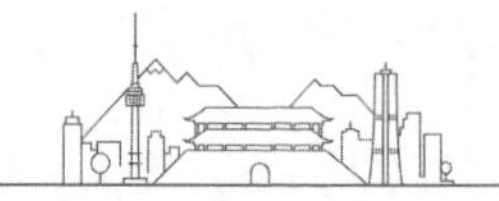

잔인한 살인과 무자비한 강간, 인두겁을 쓰고 차마 하지 못할 파렴치한 범죄를 저지른 악한이 체포되었다는 기사가 나면 인터넷 댓글창의 최다 추천 댓글은 보지 않아도 짐작할 만하다.

"죽여라!"

그것은 마치 매운 연기 앞에서 재채기를 터뜨리거나 배고플 때 맛난 요리를 보고 침을 삼키는 일과 같다. 말하자면 본능이다. 생물 조직체로서 선천적으로 부여받은 감정이자 충동이다.

그것만으로 따지면 인류는 기원전 1750년 무렵에서 한 발자국도 벗어나지 못한 셈이다. '눈에는 눈, 이에는 이'라는 조항으로 잘 알려진, 바빌로니아의 함무라비 왕이 제정한 세계에서 가장 오래된 성문법 『함무라비 법전』이 바로 동해보복(同害報復) 원리를 적용한 '탈리온 법칙'을 따르고 있기 때문이다.

얼핏 보면 공평하다. 받은 대로 돌려준다. 다른 사람을 실명시키는 죄를 저질렀을 때는 안구를 적출한다. 화학 물질로 다른 이의 시력과 청력을 잃게 한 죄인의 눈과 귀에 산성 물질을 주입한다. 다른 이의 척추를 찔러 마비 상태에 빠뜨린 죄인은 신경을 끊어 하반신을 마비시킨다. 이 세 가지 예는 동해보복의 원칙을 고수하는 이슬람 국가에서 최근 2~3년 내에 실제로 집행했던 형벌이기도 하다. 실수나 사고로 다치게 했다거나, 친구들끼리의 사소한 시비에서 칼부림이 났다는 사실도 정상 참작이 되지 않는다. 얼마나 단호하고 명쾌한가!

에덴동산에서 선악과를 따 먹은 아담과 이브의 절도죄를 제외한다면 인간이 모여 사는 순간부터 죄는 시작되었다. 죄는 벌을 낳았다. 하지만 법이 없었기에 법을 모르는 채로 법을 만들었던 고대인들도 법이 개인의 복수를 대신해서는 안 된다는 사실을 알았다. 복수에는 두 개의 무덤이 있으니, 복수당하는 자와 복수하는 자의 것! 정의의 다른 이름이고자 했던 법은 둘 다를 잃기보다는 둘 다를 얻고 싶었고, 둘이 아니라면 하나라도 건질 방도를 궁리했다. 그래서 피해자가 원하면 신체의 상해가 아니라 돈이나 다른 물질적 보상으로 대체

하는 방법을 강구했고, 기원전 5세기경 로마에서부터 대개의 경우 벌금이 신체형을 대신하게 되었다.

하지만 동서양을 막론하고 육형(肉刑)의 충동과 요구는 18세기까지 이어졌다. 매질과 낙인과 차꼬와 칼이 사라진 것 또한 오래되지 않았다. 이성(理性)의 인간은 그리 오래된 존재가 아니다.

어떻게 '제대로' 죽일 것인가?

"사람을 죽인 자는 즉시 사형에 처한다."

고조선의 8조법 제1조는 사형에 관한 항목이다. 약육강식이 판치는 동물의 왕국에서 벗어나고자 하는 인간의 노력이 사람을 죽이는 형식을 만드는 순간이다.

조선의 법은 명나라의 법전인 『대명률』을 따랐다. 조선의 형사법인 『경국대전』「형전」에는 오형(五刑)이 명시되어 있다. 엉덩이를 회초리로 때리는 태형과 장형, 관아에 구금해 노역을 시키는 도형, 먼 지방으로 귀양을 보내는 유형, 그리고 사람의 목숨을 빼앗는 사형이 그것이었다. 오형 외에 부가형으로는 얼굴이나 팔뚝에 홈을 내어 먹물로 죄명을 새기던 자자(刺字)나 참수형으로 베어낸 머리를 저자에 전시하는 효수(梟首) 등이 있다.

조선 법정 최고 형벌 역시 사형이었다. 목숨이야말로 인간의 마지막이자 전부인 재산! 왕조시대에 그것을 빼앗을 권리는 오직 임금에게 있었다. 사형 방법은 신분과 죄목에 따라 분화되어 있는데 가장 우아한 것은 사사(賜死), 왕명으로 사약을 마시고 죽는 것이다. 사약의 '사' 자가 '죽을 사(死)'가 아니나 '내릴 사(賜)'라는 사실을 기억하면 사극 속의 죄인들이 시커먼 약사발을 앞에 두고 북향으로 절을 네 번 하는 까닭을 알 수 있다. 독약이든 뭐든 임금이 내려주신 것이니 고맙다는 예를 표해야 마땅함!

사사 다음으로는 목을 매달아 죽이는 교수형이 있고, 칼로 목을 베는 참수형이 있으며, 사지를 각각 수레에 묶어 사방으로 말을 달리는 거열형 혹은 토막 치는 능지처사가 있다. 근래에 혁명적 개혁가로 재평가되기도 하지만 당시의 기록으로 '천지간의 한 괴물'이었던 허균이 거열형으로 죽었다. 그보다 더한 방법이라면 무덤을 파헤쳐 썩어가는 시신을 꺼낸 다음

참수 혹은 능지처사하는 부관참시가 있는데, 살아생전 세조의 오른팔로 부귀영화를 누린 한명회가 죽은 후 끌려나와 부관참시로 다시 죽었다.

이래 죽으나 저래 죽으나 마찬가지인데 뭐가 이리 복잡한가 싶지만 이처럼 형식이 다양해진 데는 나름의 연유가 있었다. 성리학의 태두 주희의 육형회복주의, 즉 신체형을 통해 악을 징계하고 세상의 풍속을 바로잡아야 한다는 중형주의를 주장하는 신하들에게 세종대왕이 반대의 명분으로 내세웠던 유교의 이념 신체발부수지부모(身體髮膚受之父母)가 그것이었다. 사사나 교수형이면 죽더라도 몸뚱이는 온전히 보존된다. 참수형에는 몸뚱이가 두 토막 나고, 거열형이나 능지처사나 부관참시를 당하면 여섯 토막이 난다. 죽을 때 죽더라도 부모가 물려주신 신체를 훼손당하는 것이야말로 불효가 아니런가!

고종 31년(1894) 갑오경장 이후에는 교수형과 총살형만 남았는데 총살형은 주로 군에서 집행되고, 1997년 12월 30일 23명의 미결수에게 집행된 사형 방식은 교수형이었다. IMF 구제 금융 협상이 타결된 그해 그달에 한국에서 마지막으로 사형이 집행된 것이다. 1945년 이후 1,634명에게 사형을 집행했고 현재 사형수가 50여 명 남아있다지만, 이날 이후로 지금까지 사형 집행이 없어서 한국은 사실상 사형제 폐지 국가로 분류되고 있다.

"죽여라!"

인터넷 최다 추천 댓글은 여전하다. 그 심정이야말로 시대를 초월한 인지상정일지 모른다. 그럼에도 육형이 사라지고 사형제가 폐지되는 역사적 맥락을 짚어볼 필요가 있다.

'죽어 마땅한 죄'가 있다면 그것을 벌하는 방식에도 등급과 차별이 있을 수밖에 없지 않을까? 한두 명을 살인한 자와 열 명 이상을 살인한 연쇄살인범은 어떻게 구분할 것인가? '죽여도 모자랄 죄'가 나타난다면 팔다리를 조각내는 근대 이전의 형벌로 돌아갈 가능성은 없는가? 누가 목을 베고 사지를 찢겠는가?

사는 일만큼이나 죽는 일도, 죽는 일만큼이나 죽이는 일도 어렵기만 하다.

팽형을 당하겠는가,
자결하겠는가

광화문역에서 교보문고를 관통해 종로 방면 출입구로 빠져나가면 왼편 보도 차도 쪽에 혜정교 터 표석이 덩그마니 놓여있다. 내가 찾아갔을 때는 정차해놓은 오토바이 두 대에 가려져 있었지만, 생활정보지 《교차로》와 《벼룩시장》 거치대 바로 옆이라 어렵지 않게 찾을 수 있다. 늘 그렇듯 표석의 설명만으로는 하천이 복개되면서 사라진 혜정교에서 무슨 일이 벌어졌는지 알 수 없다. 팽형(烹刑), 그 기묘한 형벌의 현장이었다는 사실도 상상하기 어렵다.

팽형의 '팽(烹)'은 삶는다, 삶아 죽인다는 뜻을 가진 글자다. 국역 『조선왕조실록』에 팽형이라는 단어는 36회 검색된다. 그 대부분은 신하들이 임금에게 중국 제나라의 위왕이 아대부라는 신하를 팽형에 처했다는 『사기』의 고사를 들어 나라의 기강을 세울 것을 건의하는 대목이다. 그럼 아대부에 견줄 만한 자들은 과연 무엇을 어찌했기에 끓는 물에 삶아 죽일 만큼의 죄를 저지른 것일까? 『조선왕조실록』에 기록된 상소에는 다음과 같은 표현들이 등장한다.

•혜정교 터 표석: 중학천(中學川) 위에 놓였던 다리로 복청교(福淸橋)라고도 하며, 이곳에서 탐관오리들을 공개적으로 처형하기도 하였음.

탐욕스럽고 간사한 무리들…….

대신을 유혹하여 재물로 벼슬자리를 얻어…….

지나치게 탐욕스러운 사람으로 오로지 백성들의 재물을 걸태질하는 것만을 일삼고…….

백성들이 괴로움을 견디지 못하고…….

『조선왕조실록』에서 팽형은 수령의 군정을 감시하는 일, 즉 지방관의 군기를 확립하는 일과 관련된다. 백성들의 재물을 빼앗거나 좀먹는 탐관오리들에게 내리는 특별한 벌인 것이다. 어느 시대라 할 것 없이 제가 가진 권력을 휘둘러 백성들의 고혈을 착취하는 탐욕스러운 관리들이 있다. 얼마 전 어느 지방관이 말한 것처럼 "나라에 돈이 없는 게 아니라 도둑이 너무 많"은 게다.

연산군 때 어무적이 지었다는 「작매부」는 매화나무에까지 무리한 세금을 부과하자 어느 백성이 매화나무를 도끼로 찍어버린 사건을 소재로 한 시이다. 정약용은 순조 3년(1803) 귀양지 강진에서 아들을 낳은 지 사흘 만에 군포 대신 소를 빼앗긴 아버지가 자신의 남근을 잘라버린 사건을 접하고 「애절양」을 지었다. 탐관오리의 횡포에 힘없는 백성들은 도끼로 나무를 찍고 칼로 남근을 잘라버리며 울부짖는 수밖에 없었다. 가정맹어호(苛政猛於虎), 호랑이보다 무서운 가혹한 정치하에서 백성들의 삶은 고통스럽기 이를 데 없다.

『조선왕조실록』에는 왕명으로 누구누구에게 팽형을 집행했다는 기록이 없다. 하지만 야사와 개화기 한성부 연구자 박경룡 박사가 인용한 조선 말 한양을 방문한 일본인의 목격담에 의하면 혜정교 다리 위에서 실제로 팽형이 집행된 일이 있었던 모양이다.

서울 종로 네거리 복판에 임시로 높다란 부뚜막이 만들어져 여기에는 사람이 들어갈 만한 큰 무쇠솥이 걸려 있었다.

또한 아궁이에는 불을 땔 수 있도록 장작을 피워놓고 그 앞쪽에는 병풍을 치고 군막이 둘러져 있었다. 상석(上席)에는 포도대장이 앉을 자리가 마련되어 있었다. 이윽고 집행관이 입장하자 팽형이 시작되었다. 우선 부뚜막 앞에 솥뚜껑을 엎어놓고 그 위에 묶여 온 관리를 앉혔다. 곧이어 선고문을 낭독하고 형을 집행하였다. 집행 방법은 물이 담긴 무쇠솥 속에 죄인을 넣더니 솥뚜껑을 닫는 것이었다. 그리고 아궁이에 불을 지피는 시늉만으로 팽형 집행을 끝냈다.

백성들의 왕래가 가장 빈번한 종로 우포도청 앞 혜정교 위에서 탐관오리가 가마솥에 들어간다. 하지만 개장국처럼 푹푹 삶아지지는 않고 얼마 지나 솥뚜껑이 열리면 멀쩡히 살아나온다. 그런데 그때부터 이상스러운 상황극이 벌어진다. 솥에서 나온 죄인은 미리 가족이 준비해둔 관에 들어가 눕고, 가족들은 상여를 지고 집에 돌아가서 장례를 치른다. 장례가 끝난 후부터 그는 살아있는 유령이다. 투명인간처럼 아무도 그를 알은체하지 않고 그 후로 낳은 아이는 사생아 취급까지 받는다. 생물학적으로는 살아있지만 사회적으로 사형당한 것이다.

그럼에도 팽형을 관리들의 명예형이라 부르는 것은 팽형을 집행하기 전, 그나마 양반 끄트러기인 죄인에게 두 가지 선택지를 주기 때문이다.

"팽형을 당하겠는가? 아니면 자결하겠는가?"

삶과 죽음, 명예 그리고 욕망

태종 10년(1410) 중학천과 청계천이 만나는 지점에 설치된 것으로 추정되는 혜정교는 1926년 을축년 대홍수를 계기로 일제가 대대적인 청계천 정비 사업을 하면서 복청교로 개명된다. 지혜로운 정치, 혜정(惠政)이라는 이름에 묻은 역사의 흔적을 지워버리려는 시도였다. 1960년대 청계천 복개공사를 시작하면서 그마저 사라져버린 복청교 교명주(橋名柱)가 탑골공원에 있다고 해서 찾아가보니 흔적이 없다. 관리사무소 아저씨께 여쭤보니 종묘로 보냈다는데, 아무래도 생뚱맞은 장소라 다시 확인해야 할 듯하다.

광화문과 종로 일대는 언제 걸어도 신비로운 역사의 길이

•광화문 일대를 흐르는 청계천. 혜정교는 본래 중학천과 청계천이 만나는 지점에 설치된 것으로 추정되나, 1960년대 청계천 복개 공사를 시작하며 철거되었다.

다. 의금부와 육의전을 비롯한 온갖 표석들을 스쳐 지나며 과거를 통해 현재를 곱씹는다. 기실 나는 사형제 폐지론자에 가깝지만, 시급 300원짜리로 아들을 군대에 보낸 엄마의 입장에서 뚫리는 방탄복과 95만 원짜리 군용 USB 따위의 방산 비리나 기기묘묘한 부정을 저지르고도 나라의 녹을 퍼먹겠다고 떨쳐나서는 철면피들을 보면 전근대의 형벌 중에 딱 하나, 팽형 정도는 부활해도 좋겠다는 생각을 한다. 명예와 욕망, 과연 뭣이 중한지?

• **혜정교 터** 5호선 광화문역 3번 출구 교보문고 광화문점 후문 좌측 보도.

너의
그 사랑이
잠긴 못

사람이 있으니 사랑이 있다.

아무러한 시대 아무러한 제도 속에서도

사람들은 삶의 증명처럼 사랑한다.

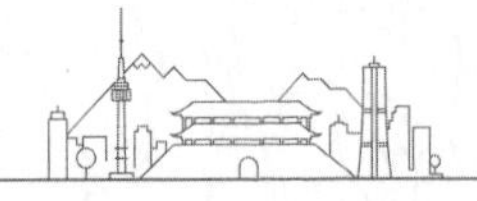

가을이 사라졌다. 여름이 치렁치렁한 옷자락을 끌며 지나간 자리에 곧장 겨울이 들이닥친다. 하루 사이에 기온이 뚝 떨어져 바람이 제법 쌀쌀하게 느껴지던 일요일, 사라져가는 가을의 흔적이나마 더듬고자 길을 나섰다. 오랜만에 등산 재킷을 꺼내 입고 운동화 끈을 단단히 조였다. 다행히 집 안에서 창밖을 내다보며 짐작하던 것보다 훨씬 좋은 날씨다. 덥지도 춥지도 않으니 걷기에 딱 좋다.

구파발역 2번 출구에 도착해 주위를 두리번거리노라니 저쪽에서 먼저 알아보고 손을 흔든다. 오늘의 동행인 소설가 H언니다. 지금까지는 동행 없이 휘적휘적 시간의 길을 따라 홀로 걷곤 했으나 오늘은 길벗을 구했다. H언니는 얌전하고 조용해 보이지만 산티아고 순례길을 완주했을 뿐만 아니라 승마를 배워 지난여름 몽골 초원에서 말을 달리고 온, 떠나기와 걷기에 두려움이 없는 동행이다.

입석삼거리로 향해 가는 버스를 잡아타고 은평 뉴타운을 관통한다. H언니는 30여 년 전 옆 동네인 삼송리에서 신접살림을 꾸렸던지라 이 동네를 기억하는데 그때의 모습에 비하면 완전히 상전벽해(桑田碧海)란다. 나도 10여 년 전 작고하신 소설가 박영한 선생의 작업실이 있던 삼송리에 가는 길에 이곳을 통과한 적이 있는데 그때 구파발은 3호선 끄트머리에 있는 궁벽한 시골이었다. 지금은 '뉴타운'이 되어 서양의 어느 '애비뉴' 같은 건물들이 즐비하게 늘어서 있고, 곳곳에서 고층 건물을 올리느라 공사가 한창이다. 모든 것이 너무 빠르게 변해버리니 따라잡기 벅찰뿐더러 문득문득 생(生)조차 낯설다. 어제의 내가 꿈이었을까, 지금 내가 꿈속을 사는 것일까?

입석삼거리 정류장에서 하차해 잠시 헤맨 끝에 효자동 방향으로 가는 북한산 둘레길 입구를 찾았다. 슈퍼마켓과 전통차·연잎밥 식당 간판 사이 길로 들어가면 몇 걸음 옮기지 않아 여기소 경로당이 나타난다. 사연을 모르는 사람이라면, "여기소? 그 동네 이름 참 이상타!"고 했을 법한 지명이다. 경로당 앞 길가에 오뚝 서 있는 표석이 그 사연을, 알고 나면 감탄하거나 탄식할 수밖에 없는 옛이야기를 들려준다.

•여기소 터 표석.

조선 숙종 때 북한산성 축성에 동원된 관리를 만나러 먼 시골에서 온 기생이 뜻을 이루지 못하게 되자, 이 못에 몸을 던졌다는 전설에서, 너[汝]의 그 사랑[其]이 잠긴 못[沼], 곧 여기소라 하였다고 전해온다.

너의 그 사랑이 잠긴 못, 그래서 여기소다. 간절하고 안타깝고 슬픈 사랑이 절망으로 묻힌 자리다. 세월을 따라 연못은 메워져 사라지고, 경로당 앞 정자에서 초로의 등산객들이 다리쉼을 하다가 누가 무슨 우스갯소리를 했는지 깔깔깔 나이를 잊은 웃음을 터뜨린다. 쓸쓸하지만 아름다운 가을날이다.

조선의 태양왕이 축조한 성

병자호란(인조 14, 1636)의 전장(戰場), 그 기원은 삼국시대로부터 비롯되나 조선의 16대 왕 인조가 청나라에 대항해 싸우다 40여 일 만에 성문을 열고 항복한 것으로 유명한 남한산성은 현재 도립공원으로서 시민들의 휴식처가 되고 있다. 그런데 남한산성 못잖게 중요했던 북한산성은 오랫동안 폐허인 채로 버려져 있다가 근래 들어 소재지 지자체를 중심으로 역사적 가치를 재조명하는 작업에 박차를 가하고 있다.

북한산성이 대체 어디에 있는지조차 제대로 알지 못하는 사람들이 태반이다. 당연한 말이지만 남한산성이 남한산을 중심으로 쌓은 성이라면 북한산성은 북한산을 중심으로 한 성이다. 북한산은 서울시 강북구, 도봉구, 성북구, 은평구, 종로구, 그리고 경기도 고양시 덕양구, 양주시, 의정부시를 두루 걸친 늠름하게 잘생긴 암산(巖山)이다. 수도 한성, 한양 도성을 방어하기 위해서는 북한산을 튼튼히 방비하는 것이 필수불가결했을 터인즉, 그곳은 이미 고구려 백제 신라가 여러 차례 서로 바꿔가며 점유했던 요지였다.

백제의 개로왕이 고구려와 전투를 벌이다 북한산성에서 전사했고, 후일 백제로부터 북한산을 빼앗은 신라는 비봉에 순수비를 세웠다. 고구려와 말갈이 북한산성에서 20여 일 동안 치열한 공방전을 벌인 기록이 있는가 하면, 고려시대에도 몽골군과 고려군이 맞서 싸운 격전지였다. 역사적으로 절대 빼앗길 수 없는 군사적 요충지였기에 조선시대에 들어서도 여러 차례 북한산성을 새로 고쳐 쌓자는 논의가 진행되었다.

문종, 선조, 효종 때 축성에 대해 이러쿵저러쿵 말이 오가기만 하다가 결국 실행한 왕은 '조선의 태양왕'이라 불리는 19대 왕 숙종이었다. TV 드라마가 들씌워놓은 허상이 한둘이 아니지만 숙종처럼 엉뚱한 방면으로 캐릭터를 굳힌 왕도 흔치 않다. 장희빈과 인현왕후와의 삼각관계, 그리고 무수리 최씨와의 신분을 초월한 로맨스의 주인공으로 등장하는 숙종은 우유부단하거나 감상적이기 십상이다. 하지만 앞서 표현한 대로 숙종은 '조선의 태양왕'이었다. 프랑스의 절대 왕정 체제를 완성한 루이 14세처럼 강력한 친정(親政)을 시도했다.

숙종은 대동법의 전국적인 시행과 호패법 실시 같은 정치 경제적 변화를 통해 봉건질서를 확고히 하고자 했다. '송자(宋子)'라는 이름으로 드높여지며 공자와 맹자 같은 반열에까지 올랐던 송시열에게 사약을 내리고, 노산군으로 강등되었던 단종에게 묘호를 올리고, 역강(逆姜, 역적 강씨)이거나 강적(姜賊, 강씨 성을 가진 도적)으로 불리던 소현세자빈 강씨를 민회빈으로 복위시킨 일 등은 강력한 왕권과 그에 대한 의지가 아니라면 불가능했을 것이다.

무엇보다 숙종은 조선의 27대 왕 중에 단 6명뿐인 적장자(적통의 맏아들) 중 하나였고, 그중에서도 요절하지 않고 30대 이후까지 살아남은 유일한 왕이었으며, 조선 왕 중에 가장 장수한 자기 아들 영조 다음으로 재위 기간이 길었던 왕이었다. 성격 또한 절대 만만치 않았다. 어려서부터 행동과 언어가 활달해 갑갑증을 이기지 못하고 야단법석일 때가 많았다는 기록이 있으며, 마흔을 앞둔 나이에 스스로 고백하길 "성미가 느긋하지 못해 사무가 앞에 당하면 버려두지를 못하"고, "이 심화증은 30년 동안이나 쌓여온 병근이어서 실로 말하기 어려운 걱정이 있다"고 하였다.

대저 국가적 규모의 토목 사업은 어지간한 욕망과 에너지가 아니라면 추진하기 어렵다. 리더의 추진력이 아무리 강하고 명분이 확고하다 할지라도 실제로 '노가다'를 뛰는 것은 동원되거나 차출된 백성일 테니 원성을 피할 수 없다. 그럼에도 조선의 태양왕은 임진왜란과 병자호란을 거치며 화약 무기에 대응할 수 있도록 고안된 새로운 축성 기술과 전문 인력을 총동원해 조선시대 토목 공학 기술의 결정체로 꼽히는 북한산성을 축성한다. 그런데 알짬이었던 행궁이 1915년 집중 호우와 산사태로 감쪽같이 쓸려나가고 지금은 몇몇 문과 담벼락으로 그 흔적만 남아있으니 인간의 역사는 자연 앞에 무력하기만 하다.

사랑은
어디에서 어디로?

그것이 사랑이 아니었다면, 역사를 빙자한 로맨스물의 주인공이 '사랑꾼'이 아니라 어쩌면 여자들을 이용(?)해 그녀들의 배후를 교란했던 '정치꾼'이었다면, 우리는 어디에서 그 시대 사랑의 흔적을 찾아야 할까?

사람이 있으니 사랑이 있다. 아무러한 시대 아무러한 제도 속에서도 사람들은 삶의 증명처럼 사랑한다. 존천리 멸인욕(存天理 滅人欲), 천리를 보존하고 인욕을 없애야 한다고 공공연하게 주장하던 유학의 세상에서도 마찬가지였다. 유교 예법의 이론과 실제를 풀이한 경전인 『예기』에서는 무려 “혼인은 절대 축하할 일이 아니다”고 하여 사랑 때문에 효심이 시들 것을 경계했으니, 부부유별(夫婦有別)의 도리에 포박된 사랑은 엉뚱한 대용품을 찾기에 이르렀다.

기생, 해어화(解語花), 경멸인 동시에 매혹인 이름. 황진이, 매창 등 역사에 이름을 남긴 기생들은 기예가 뛰어났던 성재기(成才妓)들이다. 하지만 본디 기생의 신분은 관비, 즉 노비였으며 팔천 중의 하나인 천민 계급이었다. 조선시대 관기는 경기(京妓)와 지방기로 나눠지는데, 한 관청당 15~30명 정도 존재했던 지방기는 가족 없이 부임한 지방관이나 출장 온 관리들의 ‘수청’을 들었고 그중에서도 방직 기녀라 불리는 이들은 변방에서 근무하는 군관들에게 ‘현지처’ 역할을 하며 숙식과 수발을 해결해주기도 했다.

아마도 여기소의 그 기생은 그러저러한 사연으로 신분이 다른 남자를 만나 나름의 ‘업무’를 수행하다가 터무니없는 ‘업무 외’ 감정에 덜컥 사로잡혔을 터이다. 한때는 좋았을 것이다. 우리가 아는, 다들 한번쯤은 속이고 속았을, 사랑의 장난질이렷다!

> 요사이 안부를 여쭙나니 어떠신가요?
> 달빛 어린 사창에 저의 한은 깊어갑니다.
> 만약 꿈속의 넋이 자취를 남길 수만 있다면
> 문 앞에 돌길은 벌써 모래가 되었을 것을.

이옥봉의 시 「몽혼」처럼 여자는 그리움으로 꿈속에나마 영혼을 띄워 보내고,

> 사랑이 거짓말, 님이 나를 사랑한다는 건 거짓말
> 꿈에 보인다는 말은 더욱 거짓말
> 나같이 잠이 아니 오면 어느 꿈에 뵈리오?

김상용의 시조처럼 남자는 안타까움으로 밤잠조차 이루지 못했으리라. 한때는, 한때는 말이다.

하지만 화류계의 인연은 뇌봉전별(雷逢電別)이라, 벼락같은 만남에 이어 번개 같은 헤어짐이 닥쳐왔으니 이 이름 모를 연인의 이별에는 북한산성 축성이라는 토목사업이 난데없는 원인이 되었다. 관리는 돌아올 기약 없이 차출되어 떠나고, 화류 사랑의 덧없음을 깨닫고 포기해야 마땅할 기생은 미련을 부리

• 여기소 경로당 인근 전경.

며 사랑을 따라 무작정 상경하기에 이른다. 말이 쉬워 무작정 상경이지 그때 그녀가 길을 떠나는 일은 근무지 이탈이자 반역이자 생애 전부를 건 모험에 다름 아니었다.

하지만 어찌어찌 북한산 기슭까지는 다다랐어도 이름 석 자를 들고 정인을 찾기는 거지가 꿀 얻어먹는 일이나 진배없었을 터, 아니, 지나치게 잔인한 상상일지도 모르나 어쩌면 뜻밖의 방문에 당황한 관리가 모르쇠하며 등을 돌려버렸을 수도 있다. 화류 사랑은 거짓 사랑, 움켜잡을 수 없는 물이나 연기만큼이나 덧없는 것이라니. 그리하여 몸과 마음까지도 상처

투성이에 빈털터리가 된 기생에게 남은 길이 무엇이었을까?

풍덩! 그녀의 사랑은 연못에 빠져 깊이 잠겨버렸다. 그리고 이제 남은 건 당대 최고 수준의 장인들이 지은 한양의 배후 산성이라는 북한산성의 흔적과 경로당 앞에 덩그마니 홀로 선 여기소 표석뿐이다. 슬픈 사연에 아랑곳없이 가을볕은 따사롭고 가을 길은 곱다. 길 끝에서 H언니와 사랑을 위해 죽은 뜨거운 여인을 기리며 찬술이나 한잔 주고받아야겠다.

• **여기소 터** 서울시 은평구 의상봉길 8 여기소 경로당 앞.

3장

삶의 얼굴은 언제나 서로 닮았다

눈물은, 땀은,
모든 지극한 것들은
왜 짠가?

거대 역사만이 아니라

시간의 갈피 속에 숨은

평범한 사람들의 평범한 일상 또한

엄연한 역사일 테니.

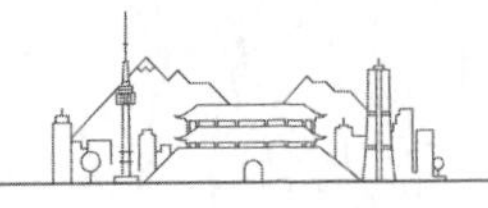

선선했던 바람이 차갑게 느껴질 무렵,

습관처럼 물밀어오는 걱정이 있다.

'올해 김장은 어떻게 할까?'

한동안은 고향집에서 가져다 먹었고 한동안은 인심 좋은 지인들에게 얻어먹었다. 어느 때는 여럿이 울력해 나눠 먹었고 어느 때는 이것저것 다 귀찮아서 사먹었다. 아무튼 나 혼자 전 과정을 소화해 김장을 만들어 먹은 적은 한 번도 없고 올해는 아들아이까지 군대에 가서 먹을 입도 없는데, 여전히 겨울의 예감과 함께 김장이 떠오른다.

얼마간은 걱정이지만 얼마간은 설렘이다. 어린 시절 김장을 하는 날이면 엄마에게 '비법'을 전수하기 위해 시골에 계신 할머니가 올라오시고, 집 안이 온통 떠들썩한 가운데 매콤한 양념 냄새와 서늘한 굴 냄새와 고소한 돼지고기 수육 냄새가 흥겹게 뒤엉켰다. 그 과정이 수고롭고 노동은 고단했지만 김장이 끝나면 비로소 겨울나기가 든든했다. 아무러한 추위와 삭풍이 몰려와도 거뜬히 견뎌낼 수 있을 것만 같았다.

익히 알려진 바대로 한식 문화의 대표적인 저장식품이자 밑반찬인 김치의 원형은 지금 우리가 먹는 형태가 아니다. 삼국시대까지 김치는 순무나 가지, 부추 등의 채소를 소금으로만 절인 장아찌 형태였다. 통일신라와 고려를 거치며 장아찌, 동치미, 나박김치의 형태로 분화했고 김치를 담그는 채소도 오이, 미나리, 죽순 등으로 다양해졌다. 조선 초기까지 이와 비슷한 모양새를 유지했던 김치가 파격적으로 변화한 것은 조선 중기에 고추가 유입되면서부터였다. 고추는 소금의 대용으로 인기를 끌었고, 동물성 지방의 산패를 막아주어 다양한 젓갈의 사용으로 맛을 풍부하게 했다. 그에 더해 통배추가 재배되기 시작하면서 지금처럼 배추김치가 김치의 대표로 자리 잡았다.

어느 연구자는 한식의 기본이자 근본이라 할 수 있는 김치, 장, 젓갈의 원리를 '기다림의 미학'이라는 멋진 표현으로 불렀다. 만든 즉시 먹어치우는 게 아니라 시간과 정성을 들여 기다려야 비로소 맛깔난 음식과 조미료가 되기 때문이다. 그런데 김치를 포함해 장과 젓갈을 만드는 데 공통적으로 들어가는 재료가 있으니, 바로 소금이다.

상품(上品)의 장은 맑은 물과 우리 땅에서 자란 콩, 그리고 천일염으로 담가 전통 옹기에 담아 맑은 햇살로 띄운다. 『삼국사기』 신문왕 3년(683) 기사에서 결혼 예물에 '해(醢)'라는 이름으로 등장하는 젓갈은 껍질을 벗긴 생선, 조갯살, 새우 등의 해산물을 소금과 버무려 빛이 차단되는 용기에 담고, 다시 그 위에 손가락 두어 마디 정도의 소금으로 덮은 후 상온에서 발효시킨 음식이다.

화학명 염화나트륨(NaCl), 소금은 우리 전통 음식에 어김없이 들어가는 중요한 재료일뿐더러 인간의 생명을 유지하는 데 필수불가결한 성분이다. 소금은 체내에서 제독, 소염, 방부, 정혈, 신진대사 촉진 등 중요한 역할을 한다. 염분이 부족하면 소화와 배설 등 기본적인 신진대사가 불가능하고 각종 노폐물과 독소가 쌓여 질병에 대한 저항력을 잃게 된다. 『성경』에 나오는 '빛과 소금'은 종교적 비유이기도 하지만 생명 자체의 조건을 일컫는 표현이기도 한 것이다.

땀과 눈물, 인간의 삶을 인간답게 하기 위해 분출되는 것들은 짭짜름하다. 지금은 너무 흔하고 값싸졌지만 소금, 그 귀한 생명의 근거를 얻기 위해 옛사람들은 또 얼마나 많은 땀과 눈물을 흘렸던가?

먹거리를 뛰어넘은 권력이자 재산

길을 떠나기에 앞서 동네 농협 매장에 들렀다. 1년에 한두 봉지나 살까말까 하여 요즘 소금 시세가 어떻게 되는지 모르기 때문이다. 그런데 어이쿠, 작은 매장에서 파는 소금의 종류가 무려 10여 가지나 된다. 맛소금, 천일염, 구운 소금, 허브맛 소금, 황토 소금, 사해 소금……. 그것들도 굵은 소금과 가는 소금, 간수를 제거한 탈수염 등으로 세분화되어 있다. 가격은 920원짜리 맛소금부터 시작해 가장 용량이 큰 20킬로짜리 갯벌 천일염이 3만 1,900원인 걸로 보아 그리 비싸지 않은 것 같다. 물론 식용 소금과 별개로 약용으로 쓰이는 죽염은 굽는 횟수와 장인의 솜씨에 따라 금값을 뺨친다고 들었다. 한편으로는 성인병의 원인으로 지목을 당하고, 다른 한편으로는 현대 난치병을 고치는 신약으로 칭송받는 소금, 문제적 물질이다.

동네 이름 자체가 염창동이다. 조선시대 경기와 충청, 전라 등지에서 조세로 바친 소금을 뱃길로 운송해 한성에 조달하기 위해 저장했던 소금 창고인 의염창이 있던 곳이다. 옛 주소는 경기도 김포군 양동면 염창리, 현재는 서울시 강서구 염창동이다.

지하철역으로 9호선 염창역이 있지만 한 정거장 더 가서 등촌역에서 내렸다. 2번 출구로 나와 왼쪽 길로 300미터쯤 직진해 한마음삼성아파트 맞은편 버스 정류장에서 강서 04번 버스를 타고 두 정거장 지나 우성아파트에서 하차하면 곧장 표석이 나타난다는데, 낯선 동네를 헤매기를 좋아하는 나는 그냥 걷기로 했다.

작고 조용한 동네다. 지하철역이 생기기 전까지는 더욱 그랬을 것이다. 대한민국의 어느 동네를 가도 볼 수 있는 프랜차이즈 상점들과 아파트들이 즐비하다. 이 동네에도 어김없이 재건축 추진위원회 발족 플래카드가 휘날린다. 비슷한 모양새의 공간에서 영위하는 삶 또한 비슷비슷할 것이다. 때로 삶에 속고 삶을 속이며 소금에 절여진 배추처럼 후줄근해져가는 것이다.

버스를 타지 않길 잘했다. 걸어서 멀지 않은 곳에 우성2차

•염창 터 표석: 조선시대 경기, 충청, 전라 등지에서 조세로 바쳐 올라온 소금을 저장하여 필요할 때 공급하던 소금창고 터.

아파트가 나타난다. 그런데 103동 바로 앞에 있는 경비실 주변을 뺑뺑 돌아도 표석 비슷한 게 보이지 않는다. 또 어디로 이전한 걸까? 멀리까지 헛걸음을 했나 싶어 가슴이 덜컥하려는 찰나 쓰레기봉투를 든 주민 한 분이 막 현관문을 빠져나온다.

"혹시 이 근방에서 염창 표석, 여기가 옛날에 소금창고였다는 걸 표시하는 돌 같은 걸 보셨나요?"

"그게 아마 저 근처인가 어디쯤에 있었던 것 같은데……."

아주머니의 쓰레기봉투를 따라 아파트 입구에 지금은 '쉼

터'라는 이름으로 방치된, 예전에 경비실로 썼음 직한 건물로 갔다. 그리고 마침내 그 옆구리에서 더부살이하는 눈치꾸러기처럼 박혀있는 염창 터 표석을 발견했다.

이곳에 소금창고를 지은 뜻은 소금이자 세금인 귀물(貴物)을 신속하고 안전하게 부리기 위해서였을 것이다. 역시나, 표석에서 100~200미터가 넘지 않는 거리에 있는 삼천리 아파트 101동 바로 앞 계단에 올라서 보니 소음차단벽과 올림픽대로에 가로막혀있긴 하지만 곧장 한강이 보인다. 바로 건너편의 상암 하늘공원을 멀거니 바라보노라니 한강 자전거 길에서 라이더들이 빠져나오는 모습이 마치 나루터에서 올라오는 듯하다. 소금 가마니만 이고 지면 영락없는 옛 풍경 그대로일 테다.

자연에서 소금을 얻는 일 자체가 어렵던 시절에는 국가가 소금의 생산과 유통을 독점하는 전매를 시행했다. 연구자들에 의하면 한국에서는 원나라에게서 소금 관리법을 배운 고려 충렬왕이 소금 전매를 도입했다는데 이 전매 제도가 최종적으로 사라진 것이 1962년이니 꽤 오랫동안 유지되었다. 고려는 도염원을 두어 국가에서 직접 소금을 제조 판매해 재정 수입원으로 삼았고, 조선은 염장(鹽場)을 설치해 관가에서 소

•염창 터 인근 한강시민공원. 이곳은 한강과 가까워 소금의 유통이 신속하게 이루어졌다.

금을 구워 보급했다.

쌀과 피륙과 맞바꾸는 화폐의 대용물이자 권력이자 재산이었던 소금은, 소금장수라는 떠돌이 판매자와 더불어 수많은 설화와 민속을 낳은 신앙이기까지 했다. 설화 속의 소금장수가 종종 비범한 능력을 지닌 영웅으로 등장하는 것은 그만큼 소금의 가치가 높았음을 입증한다. 소금이 값싸고 흔한 세상이 된 후에도 그 흔적은 우리의 일상 속에 얼마간 남아있다. 꺼림칙한 일을 당했을 때 부정 타는 것을 막기 위해 소금을 뿌리기도 하고, '부뚜막의 소금도 집어넣어야 짜다'며 아무리 좋은 조건에도 노력이 더해지지 않으면 성사될 수 없음을 경계하기도 한다.

소금커피를 마시며

그 시절 귀한 소금을 멀리서 물길로 실어와 부렸던 소금창고는 곧 보물창고였을 것이다. 하지만 지금은 동네 이름으로나마 남은 것을 다행으로 여겨야 하는 처지다. 염창 터 표석을 돌아보고 휘적휘적 왔던 길을 되짚어 오다보니 문득 길가 모퉁이에 특이하게 생긴 카페 하나가 눈에 띈다. 이름하여 '소금다방'이다. 벽에 그려진 '소금커피'의 설명이 호기심을 불러일으켜 나도 모르게 카페 문을 밀었다.

낯선 동네를 헤매고 다니며 혼자 즐기는 재미가 있다면, 미리 인터넷을 검색해 그 동네의 재래시장이나 맛집을 찾아보는 것이다. 언감생심 미슐랭에서 별을 받은 유명 레스토랑 같은 데는 아니고, 이를테면 지난번 독서당 터 표석을 찾아 옥수동에 갔을 때는 옥수역 앞 포장마차에서 파는 소문난 오징어튀김을 맛보았고, 동망봉과 정순왕후 관련 표석들을 찾아갔을 때는 창신시장에서 정신이 번쩍 들게 매운 불족발을 사왔다. 세상이 커다란 문젯거리와 고민으로 넘쳐날 즈음엔 도리어 이 같은 작은 재미를 놓치지 않으려 필사적으로 애쓴다. 거대 역사만이 아니라 시간의 갈피 속에 숨은 평범한 사람들의 평범한 일상 또한 엄연한 역사일 테니. 나 또한 오늘의 역사를 살고 있음을 기억하되 그 물결에 잠식되지는 말아야 할 것이다.

군입질에 대한 변명이 너무 거창해진 것 같지만, 오늘의 선택 또한 탁월했다. 테이크아웃 할 때 한 잔에 4천 원 하는 소

• 염창동 소금다방의 소금커피.

금다방의 시그너처 메뉴인 소금커피는 지금껏 어디서도 맛보지 못한 독특한 맛이었다. 진한 아메리카노 위에 카페 주인장이 직접 휘핑한 생크림을 얹고 그 위에 히말라야 락솔트를 솔솔 뿌려 만들었다는데, 말만 들어서는 좀처럼 상상되지 않던 그 맛이 썩 괜찮다. 특히 백미는 소금! 생크림의 느끼함을 잡아주고 단맛과 커피 특유의 풍미를 더욱 살려주니 과연 소금다방의 소금커피답다. 그런데 커피 맛보다 나를 더 감격시킨 것은, 컵받침에 새겨진 글귀다.

> 소금다방은 염창동이 과거 조선시대에 서해안에서 가져온 소금을 저장해둔 소금창고 터임을 착안하여 만들어졌습니다.

지금껏 표석을 찾는답시고 이곳저곳 헤매고 다니면서 안타까웠던 것들 중 하나를 제대로 실현시킨 가게인 셈이었다. 역사를 과거의 것, 돌판 위에 새겨 전시하는 무엇으로 만들어버리지 않고 현재에 되살리는 도시 디자인, 말만이 아닌 인문학과 콘텐츠와 '창조경제'가 혀끝에서 감칠맛 있게 녹아들고 있었다.

> 달이 밀어준 물을 태양이 바짝 말린 물의 사리, 물의 뼈, 바닷물의 정신

시인 함민복이 산문집 『눈물은 왜 짠가』에서 그려낸 소금

은 이처럼 쨍하다. 얼마에 팔리든 생명을 살리고 부패를 막는 소금은 영원히 귀하다. 『성경』에도 무려 30번이나 이름이 등장한다는 소금, 어쩌면 그 맛이야말로 포기할 수 없는 삶의 맛이 아니런가!

• **염창 터** 9호선 증미역 2번 출구 800미터 지점 우성2차아파트 103동 경비실 옆.

인간적인
너무나
인간적인

안중근이 그랬고 윤봉길도 그랬듯,

영웅이 '범생'이기는 쉽지 않다.

그토록 잘생기고 당차고 분방한 아이,

그 아이의 형형한 눈빛과 발갛게 달아오른 뺨과

벅찬 숨결은 어디에 남아있을까?

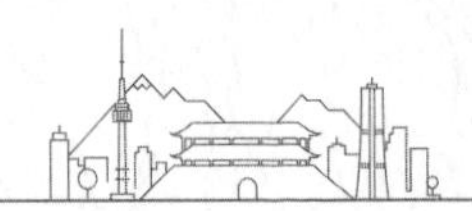

나는 소설과 아들밖에 모르는 아둔한 사람이라서 20여 년을 스스로 가둬두고 살았다. 다행히 좁고 어두운 곳에서 홀로 지내는 일이 적성에 맞아 시절을 잊은 죽림 거사인 양 기세은둔(棄世隱遁)하였다. 지난여름 아들이 군에 입대해 밥 차려 먹일 걱정이 사라져 나들이의 부담이 없어지면서 비로소 집을 나와 여기저기를 유람하기 시작했다. 뛰어야 벼룩, 그래봤자 지방 행사에 당일치기 대신 1박의 여정을 더해 낯선 도시 골목골목을 구경하는 것 정도에 불과하지만 말이다.

얼마 전에는 심사를 보았던 문학상 시상식에 참석하기 위해 전남 여수에 다녀왔다. 때마침 여수에는 겨울을 재촉하는 비가 추적추적 내리고 있었다. 그럼에도 불구하고 젖은 발을 질질 끌며 오동도를 한 바퀴 돌고 시내 구석구석을 쏘다니다가 마침내 그곳에 다다랐다. 임진왜란 때 객사인 진해루였다가 전쟁이 끝난 후 삼도 수군통제영이자 조선 수군의 중심 기지가 된 진남관에서 바라보노라니 이순신 장군이 광장 한가운데 거북선을 거느리고 위풍당당하게 서 계셨다. 그의 앞에는 왜군의 배들이 새카맣게 물밀어들던 바다, 삶의 터전이었다가 죽음의 싸움터가 되어버린 바다, 생명으로 푸르러야 마땅할지나 피로 붉게 물들었던 바다가 400여 년의 세월을 건너뛰어 시치미를 뗀 채 펄럭이고 있었다.

차가운 빗방울이 화살처럼 바다의 몸통으로 푹푹 내리꽂혔다. 망연히 그 모습을 바라보노라니 문득 광화문광장에서 100만여 개의 촛불을 거느리고 유유히 밤바다를 지휘하시던 장군의 모습이 떠올랐다. 그의 충(忠)은 왕조를 위한 것만이 아니라 그처럼 평범한 민인(民人)들에게 바쳐진 것이었다. 그래서 질시당하고 그래서 버림받았다. 촛불들이 물결이 되어 출렁였다. 살아생전 외롭고 높고 쓸쓸했던 그의 운명애가 울컥하는 슬픔과 함께 사무치게 다가왔다.

죽음을 두려워하거나 목숨을 아까워하지 않고 적(敵), 그리고 자신의 삶에 맞서 싸우는 이의 뒷모습은 어찌 그리도 고독한가!

마른내에서 태어난 검은 용

흑룡의 해 임진년의 영웅인 충무공 이순신의 유적은 전국 곳곳에 남아있다.

초대 현감으로 부임했던 전북 정읍, 임진왜란 직전 전라좌수사로 부임해 전쟁을 예감하며 거북선을 만들고 군사를 훈련했던 전남 여수, 임진왜란 발발 후 첫 승전고를 올린 옥포대첩의 현장인 경남 거제, 거북선이 처음으로 전투에 투입되었던 사천 해전의 현장인 경남 사천, 의승군의 본거지로 이순신 장군이 수륙 작전 논의를 위해 세 번 찾은 것으로 알려진 운흥사가 있으며 임진왜란 5대 해전의 하나로 꼽히는 당항포 해전의 격전지인 경남 고성, 133척의 왜적 함대를 불과 12척의 전선으로 격파한 명량 대첩의 현장인 전남 진도를 비롯한 해남과 완도와 강진, 명량 해전을 마친 후 이듬해 고금도로 옮기기까지 107일 동안 진을 치고 전선을 만들고 군사를 훈련했던 전남 목포, 통한의 마지막 전투인 노량 해전의 현장인 관음포가 자리한 경남 남해, "바다에 맹세하니 고기와 용이 움직이고 산천에 맹세하니 초목이 알더라"는 장군의 시가 음각된

입석비와 함께 대한민국 임시 정부 주석이었던 백범 김구 선생의 글씨가 남아있는 경남 진해, 육지에서의 행주성 대첩·진주성 대첩과 함께 임진왜란 3대첩의 하나로 꼽히는 한산 대첩의 현장이자 충무공 사당의 효시인 착량묘가 있는 경남 통영, 그리고 덕수 이씨의 종가이자 충무공의 묘소와 장군이 성장해 무과 급제할 때까지 살던 곳에 세워진 사당 현충사가 있는 충남 아산까지…….

그런데 54년의 뜨거운 생애 중에서 약 12~13년이라는 적지 않은 시간을, 그것도 유년기와 소년기라는 천진무구한 나날을 보낸 서울의 터전은 크게 주목받지 못하는 상태다. 충무공 이순신이 태어나 자란 곳은 서울 건천동으로 알려져 있다. 건천동은 충무공 외에도 숱한 위인들을 배출한 곳으로, 김종서, 정인지, 류성룡, 허난설헌과 허균 남매, 그리고 원균까지도 그 동네 출신이었다. 충무공의 형님 친구였던 류성룡이 쓴 『징비록』에는 '동네 형'이었던 류성룡이 바라본 공의 어린 시절이 생생하게 드러나 있다.

순신은 어린 시절 용모가 뛰어나고 기풍이 있었으며 남에게 구속을 받으려 하지 않았다. 다른 아이들과 모여 놀라치면

나무를 깎아 화살을 만들고 그것을 가지고 동리에서 전쟁놀이를 하였으며, 자기 뜻에 맞지 않는 자가 있으면 그 눈을 쏘려고 하여 어른들도 그를 꺼려 감히 그의 문 앞을 지나려 하지 않았다. 또 자라면서 활을 잘 쏘았으며 무과에 급제하여 발신(發身)하려 하였다. 또 자라면서 말 타고 활쏘기를 좋아하였으며 더욱이 글씨를 잘 썼다.

꼼꼼하게 읽어보면 한마디로 성질이 장난이 아닌 아이다. 자기 뜻과 다르면 나무 화살이나마 매섭게 겨냥하니 또래들뿐 아니라 어른들까지 녀석의 집 앞을 에둘러 갈 정도다. 안중근이 그랬고 윤봉길도 그랬듯, 영웅이 '범생'이기는 쉽지 않다. 그토록 잘생기고 당차고 분방한 아이, 이순신의 어린 시절 삶터이자 놀이터였던 그곳을 찾아간다.

충무공 이순신 생가 터 표석은 을지로3가역 8번 출구를 빠져나가 100미터쯤 전진하면 왼편에 나타나는 명보아트홀 앞 보도에 동그맣게 서있다.

그런데 자료를 찾다보니 이 표석이 있는 곳이 이순신의 생가 터가 아니라는 주장이 있다. 1956년 서울특별시사편찬회와 한글학회에서 답사한 바에 의하면 을지로18길 19번(중구

인현동1가 31-2번지)이 진짜 생가 터라는 것이다. 내친김에 그곳에도 가보기로 했다. 표석에서 을지로4가 방향으로 두 번째 골목으로 들어가 을지로교회를 찾으면 그 바로 옆에 31-2번지 신도빌딩이 나타난다. 골목에는 달력, 다이어리, 명함 등을 제작 판매하는 소형 인쇄소들이 즐비하고 31-2번지 또한 고만고만한 가게들이 입점한 건물이다. 건물 주변 어디에도 충무공과 관련된 흔적을 찾을 수 없다.

그 아이의 형형한 눈빛과 발갛게 달아오른 뺨과 벅찬 숨결은 어디에 남아있을까? 날씨 때문인지 해거름에 찾아간 탓인지 주변 풍경이 유난히 을씨년스럽다. 터덜터덜 다시 지하철역을 향해 걷다보니 문득 길바닥에 무슨 글씨인가가 새겨져 있다. 뒷걸음질해 살펴보니 그곳이 이른바 중구에서 조성한 이순신 거리인가보다. 옹포 해전, 당항포 해전, 어란진 전투, 벽파진 전투……. 이런 식으로 충무로역까지 참전한 전투명을 새겨놓은 모양인데, 이처럼 무성의한 기념이 무슨 의미인가 싶어 착잡해진다.

그런데 표석을 확인하고 돌아온 후 인터넷 검색을 통해 50년째 극장 앞에서 신문 가판대를 운영하면서 30년 전부터 표석을 돌보았다는 '이순신 할머니' 이정임 씨의 존재를 알게 되었

•충무공 이순신 생가 터 표석: 이순신(1545~1598)은 조선 중기의 명장이다. 선조 25년(1592) 임진왜란 당시 옥포, 한산도 등에서 해전을 승리로 이끌어 국가를 위기에서 건져내었다. 선조 31년(1598) 노량에서 전사하였으며, 글에도 능하여 『난중일기』를 비롯하여 시조와 한시 등을 많이 남겼다.

다. 이정임 씨는 "이순신 할아버지가 목숨을 걸고 나라를 지켰는데 시민들이 그가 태어난 자리를 너무 소홀히 하는 것 같아 그냥 볼 수 없어" 표석을 청소하고 돌보기 시작했다고 한다. 미리 알지 못해 할머니의 컨테이너박스를 찾아보지 못한 게 아쉽다. 그래도 하나는 다시금 확인한다. 진정한 기억은 기념물이 아니라 사람에 의해 지켜진다는 사실.

영웅의 민낯,
고독의 기록

이순신은 명실상부한 영웅이다. 군사정권 시절엔 성웅(聖雄)이라는 묵직한 이름으로도 불렸다. 하지만 그의 아우라가 필요했던 권력뿐만이 아니라 평범한 사람들까지 이순신을 사랑하는 까닭은 이른바 리더십이나 전투력 같은 외적인 면에 국한되지 않는다. 그는 늘 승승장구하는 '양지의 사람'이 아니었다. 그의 길은 꽃길이라기보다 험로였다. 하지만 음지에서 궂은 길을 걸을 때도 그는 결코 패배하지 않았다. 그는 적과 싸우는 동시에 자기 자신과 싸웠다. 그런 마음자리의 증거는 참전 중에 쓴 『난중일기』에 고스란히 남아있다.

일기는 독특한 글쓰기다. 애당초 독자가 없는 고백이라 자칫 감정의 쓰레기통일 수 있음에도 스스로를 독자로 삼아 자기를 정화한다. 조선 사람들은 일기를 분신처럼 여겨 가문의 기록으로 대물림하기도 했는데, 서화 애호가 유만주가 영조 51년(1775)부터 정조 11년(1787)까지 13년 동안 하루도 빼놓지 않고 쓴 『흠영』의 서문에 일기를 쓰는 이유가 명백히 드러나 있다.

일[事]이란 가까우면 상세하고 조금 멀어지면 희미해지고 이미 멀어졌으면 잊어버린다. 진실로 일기는 가까운 것을 더욱 상세하게 하고 조금 멀어진 것을 희미하지 않게 하고 이미 멀어진 것을 잊지 않게 한다. 일이 법도에 어긋나지 않은 것은 이것으로써 다를 수 있고, 과실 또한 경계할 수 있다. 일기는 이 몸의 역사이니 어찌 소홀히 할 수 있겠는가.

충무공의 『난중일기』는 인간 이순신의 역사다. 『난중일기』는 그 잔인한 봄을 희미하게 예감하던 임진년(선조 25, 1592)의 첫날부터 시작된다. 전라좌도 수군절도사로 부임한 이순신은 나태하고 부정한 아전들을 엄히 다스려 군정(軍情)부터 바로 세운다. 탈영병과 군량 절도범의 목을 벨 때는 호령이 추상같다. 동헌에 나가 공무를 본 후 활을 쏘고 돌아오는 단순한 일상, 그 와중에 활을 몇 순(巡) 쏘았는지를 꼬박꼬박 꼼꼼하게 기록한다. 낮의 일만이 아닌 밤의 꿈까지도 기록한다.

꿈에 좋은 말을 타고 바위가 첩첩인 산마루로 올라가니 아름다운 산봉우리가 동서로 뻗쳐있고, 산마루 위에는 평평한 곳이 있기로 거기에 자리 잡으려다가 깨었다. 무슨 징조인지 모르겠다. 또 어떤 미인이 홀로 앉아 손짓을 하는데, 나는 소매를 뿌리치고 응하지 않았으니 우스웠다. 갑오년(1594) 2월 초닷새

순탄한 일이라곤 하나도 없다. 적은 막강하고, 아군은 오합지졸에 군량미는 모자라고, 함께 싸우는 경성우수사 원균은 술주정뱅이에 헛소리꾼이다. 게다가 임금은 무능하고 비겁한 것으로도 모자라 이순신이 백성들에게 신뢰받는 것을 질투한다. 그런 고통, 그런 고독, 몸과 마음이 끊임없이 부대끼는 중에 그는 자주 꿈을 꾼다. 개꿈인 듯 달콤한 환상이다.

촛불을 밝히고 홀로 앉아 나랏일을 생각하니 나도 모르는 사이에 눈물이 흐른다. 나이 여든이 되신 병든 어머니를 생각하면서 뜬눈으로 밤을 새웠다. 을미년(1595) 정월 초하루

촛불, 어둠을 밝히는 희미한 불빛, 어룽거리며 흔들리는 그림자. 그 불빛 아래서 이순신은 어지러운 나라와 늙은 어머니를 생각하며 운다. 부상당한 상처가 도져 잠을 설치고, 아들의 전사(戰死) 소식 앞에서 목 놓아 통곡한다.

기실 『난중일기』의 탁월함은 영웅이 아닌 인간을 기록했다

• 명보아트홀 앞 사거리 전경.

는 점에 있다. 이순신은 삶과 죽음의 경계선을 오가는 전쟁의 공포 속에서도 끝끝내 자기의 감정과 생각과 삶에 정직하다. 미화도 없고 변명도 없고 머뭇거림도 없다. 그는 생각보다 더 자주 울고 더 많이 아팠지만, 연약한 자신을 숨기지 않을 만큼 진정으로 강한 인간이었다.

• **충무공 이순신 생가 터** 2호선 을지로3가역 8번 출구 100미터 지점 명보아트홀 앞 보도.

죄,
그리고 벌

너무나 당연하게도,

법은 사람을 위해 사람이 만든 것이다.

그런데, 정말 그런가?

우리는 왜 우리를 위해 우리가 만든 그것을

두려워하면서도 꺼려하는가?

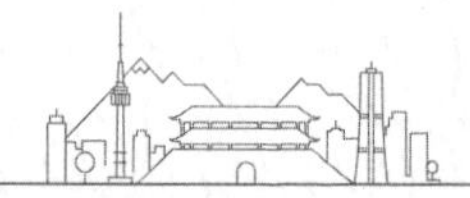

『성경』으로 따져보자면, 인간이 최초로 저지른 죄는 절도다. 이브가 허락 없이 하느님의 사과를 따면서 타인의 재물을 절취하는 범죄인 '절도죄'가 형성되었고, 뒤이어 이 사실을 알면서도 날름 받아먹은 아담은 '장물죄'를 지었으며, 그 와중에 "일단 한번 잡솨 봐!"를 외치며 꼬드겼던 뱀은 공범의 한 형식으로 타인으로 하여금 범죄 실행을 하게 한 '교사죄'를 저질렀다. '기쁨의 동산'이며 '극락의 정원'이었던 에덴동산에서도 범죄가 발생했다. 그리스도교 교리에서 말하는 '원죄'다. 모든 인간은 죄인일지니 나면서부터 죄를, 죄의 운명을 지닌다.

그런가 하면 불교에서는 나도 모르는 채로 지은 죄 대신 과보(果報)를 말한다. 과보는 한마디로 자기 행위에 대한 결과다. 과거의 선행 혹은 악행이 현재에 지복(至福)이나 지벌(至罰)로 돌아온다. 지금 선하게 살거나 악하게 사는 바에 따라

미래에 내가 받을 결과도 달라질 것이다. 그나마 내가 스스로 지은 업이 돌아오는 것이라니 조금 덜 억울하다고 할까나.

그러나 신이, 하늘이, 그 어떤 절대의 운명이 언제나 적합하고 온당한 것은 아니다. 사마천은 자신의 역작 『사기열전』의 첫머리에서 의(義)를 지키려다 굶어죽은 백이숙제를 이야기했다. 일찍이 공자는 백이와 숙제에 대해 "인(仁)을 구해 인을 얻었는데 무슨 원망이 있으랴?"고 논평했다. 하지만 소신에 따라 말한 죄로 거세의 형벌인 궁형(宮刑)을 당한 불운아 사마천은 공자의 논평에 의문을 제기한다. 매일 사람을 죽이며 횡포를 부린 도척 같은 악인은 잘 먹고 잘 살며 천수를 누리는데 백이와 숙제는 왜 고사리나 꺾어 먹다가 굶어죽어야 한단 말인가? 그리하여 외친다.

"천도시비(天道是非)! 과연 하늘의 도라는 것이 옳으냐 그르냐?"

죄를 지었으면 벌을 받아야 한다. 동서고금을 뛰어넘은 인간의 법칙이다. 하지만 그 벌이 합당한가에 대해서는 시비가 끊이지 않는다. 법은 그런 시비를 공정하게 처리하고 해결하기 위해 공동체 구성원들의 합의로 만들어진 규범이다. 모든 시대와 장소에 적용되는 영구불변의 자연법과 별개로 국가 권력이 강제하는 사회 규범인 실정법이 제정된 것이다.

너무나 당연하게도, 법은 사람을 위해 사람이 만든 것이다. 더 안전하고 자유롭고 평화로우며 행복하기 위한 수단이다. 어디까지나 법과 제도는 사람을 위한 것이지 사람 위에 군림할 수 없다. 그런데, 정말 그런가? 우리는 왜 우리를 위해 우리가 만든 그것을 두려워하면서도 꺼려하는가? 인간은 영원히 죄와 벌의 쳇바퀴를 돌릴 수밖에 없는 존재일까?

도성 한가운데 우뚝한 심판의 자리

종로.

20여 년 전 고향에서 상경해 처음으로 친구들을 만나러 나갔던 서울 도심이 바로 종로였다. 명동과 신촌이 그나마 대항마랄까, 강남역도 가로수 길도 홍대 앞도 경리단 길도 지금 같지 않던 시절이었다. 그곳에는 영화관과 서점과 어학원과 술집과 카페가 밀집해있었고, 화려하고 다채로운 문화를 즐기기 위해 쏟아져 나온 사람들로 언제나 북적댔다. 그때는 나도 젊었고, 거리도 젊었다.

지금도 종로는 번성하다. 하지만 도시가 팽창하고 상권이 분산되면서 예전 같은 활기는 찾기 어렵다. 영화관과 어학원 등은 대형 프랜차이즈 이름을 달고 지역으로 흩어졌고, 피맛골이 폐쇄되고 골목골목의 옛집들이 빌딩 안으로 몰려들어가면서 특유의 정취는 적잖이 사라졌다. 인사동의 외국인 관광객들과 파고다 공원에서 시간을 때우고 낙원동의 2천 원짜리 국밥집을 찾는 노인들이 뒤엉킨 종로는 마치 휴일 새벽 동네 목욕탕 앞에서 우연히 마주친 첫사랑 같다. 민낯으로 마주하기에 민망스럽고 왠지 서글픈.

조선시대에 죄를 심판하고 벌을 내렸던 현장은 600년 전부터 상업 지역으로 번성했던 거리, 서울 한복판 종로에 자리하고 있다. 범죄를 저지른 자를 잡아들이던 포도청과 죄인을 가두던 전옥서, 어명으로 중죄인을 추포하던 의금부를 돌아보기 위해 인터넷 지도를 열고 동선을 짰다. 갈 곳은 여러 군데지만 한걸음에 돌아볼 수 있을 만큼 지척의 거리다. 우선은 지하철 5호선 광화문역 5번 출구로 나가 광화문 우체국을 찾았다. 우체국 앞 화단에 '우포도청 터' 표석이 있다.

•우포도청 터 표석: 포도청은 조선시대 도성 안팎의 치안과 순찰을 담당하였던 관청으로서 좌우 포도청이 있었다. 그 가운데 서쪽 지역을 담당하였던 우포도청 자리.

한성부의 치안을 담당했던 기관으로는 한성부, 5부, 의금부, 훈련도감, 어영청, 금위영, 포도청 등이 있었다. 그중에서도 중심 역할을 했던 포도청 가운데 서부 서린방 혜정교 동쪽에 자리했던 우포도청은 한성부의 서부 북부와 경기우도를 관할했다.

그동안 푹하던 날씨가 갑자기 매서워져 표석 앞에 오래 머물지 못하고 발길을 돌렸다. 종각역으로 향하던 길에 새롭게 정비된 표석 하나가 눈에 띄어 발걸음을 멈추고 보니, 서린동

• 전옥서 터 표석: 조선시대에 죄인을 수감하였던 감옥으로 한말 항일 의병들이 옥고를 치르기도 했던 곳.

유적 3호 건물지란다. 시전행랑의 뒤쪽 주거지역에 해당하던 곳에서 가운데 양편에 방이 있는 'ㄷ' 자형 한옥 12동과 도로가 발굴되었다고 한다. 하루 장사를 마치고 느긋하게 이문을 헤아리는 시전 상인들의 모습을 상상해본다. 몇백 년 전에도 어김없이 온갖 술수로 부를 축적하는 사람들이 있었으니, 돈이야말로 시대를 가뿐히 뛰어넘는 압도적인 욕망이라!

종각역 6번 출구 바로 앞에는 "조선시대에 죄인을 수감하였던 감옥"이라는 설명이 새겨진 전옥서 터 표석이 있다.

> 전옥에 내려 가두라신 처분이 내렸을 젠 필경 극형에 처하실 모양인데, 군기시 다리나 당고개로 나가기 전에 소리 소문없이 처치해야 (하략).

홍명희의 대하소설 『임꺽정』에 등장하는 전옥서는 사형수들이나 갇히는 무서운 감옥이다. 그런데 무섭고 무섭지 않고를 떠나 조선에는 감옥이라는 것 자체가 흔치 않았다. 교정기관으로서 징역과 금고를 통해 교화와 재생을 유도하는 감옥이 등장한 것은 근대 이후의 일이다. 조선의 옥사는 판결이 나면 곧바로 형을 집행했기에 감옥은 미결수들이 잠시 머무르는 곳에 불과했다. 이미 죽은 목숨이나 다름없는 이들에게 꽃자리를 제공할 리 만무. 그 환경이며 처우가 얼마나 참혹했던지 한때 이곳에 갇혔던 정약용은 『목민심서』에서 감옥을 '이승에서의 지옥'이라고 부르기까지 했다.

지하 종각역을 지나 맞은편 1번 출구 앞의 의금부 터로 가는 길에 종로서적이 눈에 띄었다. 2002년 문을 닫았던 종로서적이 14년 만에 종각역 지하 반디 앤 루니스 자리에서 재개장한다는 기사를 읽고 반가웠던 차에 바쁜 발걸음을 멈추었다. 스무 살 시절 종로에서 누군가를 만날 때 늘 애용했던 종로서적, 하지만 그동안 흐른 세월이 엄연하니 예전 기억 같을 수는 없으리라. 매장의 절반을 차지한 식당과 카페는 가뜩이나 세상 속에서 자리를 잃어가는 책의 위상을 고스란히 보여주는 것만 같다. 그나마 한구석에 놓인 책을 읽는 긴 탁자(영화 〈해리포터〉에 나오는 호그와트 마법 학교의 식당 테이블 모양새다)와 다섯 개의 혼자만을 위한 공간(여간해선 차지하기 쉽지 않겠지만 그 호두껍데기 같은 곳에 틀어박히면 시시각각이 행복할 듯하다)이 가득 찬 것이 아주 조금 위로가 된다. 아직도, 아직은 책을 읽는 사람들이 있구나……!

SC제일은행 본점 앞의 의금부 터를 찾았다. 의금부는 조선시대 양반들의 윤리 문제에 관한 범죄를 담당하던 관아였다. 임금의 직속 기관이었던 의금부 터에서 10분 정도 걸어가면 종로3가역의 좌포도청 터가 나온다. 조선시대 한성부 중부 8방 중 하나였던 정선방에 있던 죄인을 다스리던 관청 터인 좌포도청은 정선방 파자교 북동쪽에 자리해 한성부의 동부·남부·중부와 경기좌도 일원을 관할했다.

좌포도청 터는 바로 추억 속의 단성사 자리다. 단성사와 피카디리, 이 두 영화관은 젊은이들을 종로로 유인하는 데 중요한 역할을 했다. 임권택 감독의 〈서편제〉가 단성사에서 개봉

• 의금부 터 표석: 조선조(朝鮮朝) 관리 양반 윤리에 관한 범죄를 담당하던 관아 자리.

했고, 전도연과 한석규가 〈접속〉의 마지막 장면에서 만난 곳이 피카디리극장 앞이었다. 그런데 언제 이렇게 변했는지, 피카디리는 대형 체인 영화관으로나마 명맥을 유지하고 있는데 단성사는 '단성골드 주얼리센터'가 되어버렸다. 건물 앞에 표석과 함께 새겨져 있는 사연 많은 장소의 내력을 살펴보니 이곳은 좌포도청이자 천주교 순교지이자 동학의 제2 교조 최시형 순교 터이기도 하다.

죄를 지었으니 벌을 받으라 했다. 하지만 누군가의 신심이

•좌포도청 터 표석: 조선조 때 정선방(貞善坊)에 있던 죄인을 다스리던 관청 터.

누군가에겐 사학(邪學) 죄이고 누군가의 형장이 누군가에겐 순교지였으니, 사람이 사람을 벌하는 일 자체가 아이러니가 아니런가?

'지름길'로의 욕망과 정의의 잣대

서울대 규장각에 남아있는 18세기 후반에서 19세기의 자살과 살인을 포함한 사망 사건의 검안 기록은 572건이다. 그중 인구가 집중되었던 삼남(충청, 전라, 경상) 지방과 유랑민들이 모여들었던 황해도의 사건이 특히 많은데, 흥미로운 점은 삼남 지방의 살인이 산송 문제, 즉 묘지를 쓰는 문제로 생긴 사건인 반면 황해도의 살인은 주로 금전 문제 때문이었다는 사실이다.

지역을 떠나 사인의 유형으로 분석하면 여성 폭행으로 인한 사건이 압도적으로, 뒤따르는 음주로 인한 사건의 2배가 넘는다. 터무니없이 지위가 낮았던 조선의 여성들이 그만큼 폭력에 노출되어있었다는 사실의 증거이리라. 이처럼 범죄는 시대와 사회를 닮는다. 사람의 욕망이 세상의 그것을 닮기 때문이다.

그렇다면 시대와 사회를 넘어선 인간 본연의 범죄 심리는 무엇일까? 사회적 갈등이 완전히 사라지면 인간의 죄도 사라질까? 실로 인간은 원초적으로 악의 본능을 지닌 존재일까?

콜린 윌슨은 인간 범죄의 역사와 심리를 밝힌 책 『잔혹』에서 명쾌하고도 소름끼치는 해석을 내놓는다. '순수한 악'을 예외로 한다면 일반적인 범죄의 심리는 선악을 넘어선 충동, 바로 '지름길'로 가려는 경향이라고.

> 범죄성이란 (중략) 지름길을 택하려는 인간의 아주 유치한 성향이다. 어떤 범죄에도 '진열장을 때려 부수어 귀중품을 약탈'하려는 성격이 있다. 절도범은 갖고 싶은 것을 노동에 의해서 손에 넣는 것이 아니라 그것을 훔친다. 강간범은 여자를 설득하여 뜻에 따르게 하는 것이 아니라 억지로 능욕한다.

욕망하는 인간, 결핍을 채우고파 안달 난 인간은 결코 죄에서 벗어나지 못할지 모른다. 콜린 윌슨의 말대로 범죄자란 '계속 아이처럼 행동하는 어른'일지나, 나이를 먹는다고 모든 인간이 '어른'이 되는 것은 아니니까.

죄가 있는 한 벌이 있고 정당한 처벌을 위한 법도 있어야 한다. 다만 한 가지 인간이 인간을 단죄할 때 잊지 말아야 할 것이 있다. 엄격함과 예외 없음과 신뢰야말로 법이 만인의 약속이 되는 조건일지니 진정한 법치국가에서는 '유전무죄 무전유

죄'란 말 자체가 있을 수 없다. 그리고 법학자들까지 발 벗고 나서 수정하려 해도 번번이 오용되지만, 소크라테스는 결코 "악법도 법"이라고 말한 적이 없다.

- **우포도청 터** 5호선 광화문역 5번 출구 광화문 우체국 앞 녹지.
- **전옥서 터** 1호선 종각역 6번 출구 우측 화단.
- **의금부 터** 1호선 종각역 2번 출구 SC제일은행 본점 앞.
- **좌포도청 터** 3호선 종로3가역 9번 출구 종로119안전센터 우측 화단.

세상을 그리다

예술가의 가난은 동서고금을 가뿐히 뛰어넘고 가로지른다.

조선의 선배들도 가파른 삶 속에서

지극한 발버둥질로 예술을 지킬 수밖에 없었다.

밥벌이는 무엇이든 처연하고 위대하다.

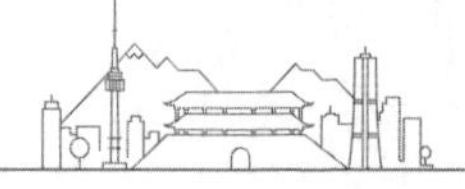

예술은 인간의 본능이다. 먹고 자고 배설하고 번식하는 생리적 욕구가 해결되고 나면 인간은 자연스럽게 새로운 결핍을 충족시키려 한다. 척박한 자연에 맞서 생존투쟁을 벌이며 헐벗어 덜덜 떨거나 맹수 앞에 벌벌 떨었던 최초의 인간들도 때로는 심심했을 것이다. 원시의 깊고 검은 하늘에서 뚝뚝 떨어지는 별들을 바라보며 배고픔과 졸음과 욕정을 넘어선 야릇한 슬픔과 벅찬 감격을 느끼기도 했을 것이다.

그래서 그들은 노래했다. 춤췄다. 그림을 그렸다. 언어 이전의 모호하고 미묘한 세계 속에서 자기가 가진 모든 것을 동원해 자신의 생각과 감정을 표현하려 했다. 그 장면을 떠올려보면 신비하고도 아름답다. 다른 동물들과 다른, 다를 수밖에 없는 인간이라는 존재의 비밀이 너무도 명징하게 드러나기 때문이다.

인류 최초의 그림으로 알려진 알타미라 동굴 벽화에는 아메리카 들소 바이슨이 등장한다. 소는 먹음직스러운 양식이자 재산이고 힘을 과시하는 사냥감이면서 위협적인 대상이기도 했다. 그런데 그 모든 현실적인 의미를 떠나 동굴에 그려진 소는 다채롭고 역동적인 그림의 모델이다. 영원한 수수께끼 속의 크로마뇽인 화가는 동굴 천장의 굴곡에 맞춰 머리와 엉덩이를 배치하고 다양한 포즈를 취한 소들을 스케치한 후 색을 칠했다. 붉은 소들은 피를 흘리는 듯도 하고 당장이라도 갈기를 휘날리며 석양 속으로 달려 나갈 듯도 하다. 그토록 입체적이고 생생한 그림을 완성한 후, 아마도 크로마뇽인 화가는 동굴 천장을 쳐다보며 한번 씩 웃었을 것이다.

"목 아프게 그린 보람이 있군!"

전시회와 화환과 기자의 취재와 축하 파티는 없었다. 애당초 예술에는 그런 게 필요치 않았다. 박수갈채가 없어도, 심지어 세상의 외면과 질시를 받을지라도, 기어이 예술로 살고 예술로 죽을 수밖에 없었던 후예들은 그로부터 비롯되었는지 모른다.

금욕주의적 주자학이 기세를 떨치던 조선에도 어김없이 예술은 있었다. 사라질 수 없었다. 맑고 깨끗한 성정을 보존하기 위해 인간적 욕망을 없애야 한다는 거룩한 도식에 너부죽이

복종할 수 없는 자생적이고 자발적인 블랙리스트가 있었기에.

시(詩)·서(書)·악(樂) 그리고 그림[畵]은 조선 사회 지배층의 이념을 구현하는 필수 교양이었다. 그래서 왕공 사대부들 가운데 특출한 화가가 배출되기도 했다. 그런데 그림은 유교적 인간상을 기르는 데 도움이 된다고 인정받는 한편, 모순적이게도 정통 학문의 정진에 방해 요인으로 취급되었다. 어쨌거나 사진 기술이 발명되지 않았던 시절이었기에 시각적인 기록의 요구는 분명했다. 따라서 실용서와 종교화 등을 생산할 목적으로 국가기관을 두고 화원(畵員)을 양성하기에 이르렀다. 그곳이 바로 고려시대에 도화원이었다가 조선시대에 격을 낮춘 도화서다.

가파른 삶 속
지극한 발버둥질

'극한 직업.'

청년 유네스코 세계문화유산 지킴이 활동으로 운영하는 인터넷 블로그 〈너나들이〉에서는 조선 의궤(儀軌)를 소개하면서 그에 따라붙는 의궤도의 제작소인 도화서를 이렇게 표현했다. 의궤란 한마디로 왕실이나 국가 행사의 경과와 의식 절차 등에 대한 공식 기록이다. 사진이나 영상 자료가 없던 시절이니만큼 그림으로 전 과정을 똑같이 옮겨 그린 의궤도를 덧붙여 후대에 참고가 되게 했던 것이다.

유네스코 세계유산에 등재된 조선 의궤는 해외에 반출된 자료를 제외하고도 833종 3,430책이나 되는 방대한 기록이다. 일단은 그 꼴을 봐야 정확히 이해가 된다. 그와 동시에 헉하고 놀라게 된다. 화성 성곽 축조에 대한 기록을 모아 간행한 『화성성역의궤』나 66세의 영조가 15세의 정순왕후를 신부로 맞이한 과정을 기록한 『영조정순후가례도감의궤』를 보면 어째서 의궤 제작을 주요 업무로 삼은 도화서의 화공(畵工)이 '극한 직업'인가를 단박에 알 수 있다. 행사에 참여한 사람 하나하나의 복식은 물론이거니와 엽전의 수까지 정교하다 못해 집요하게 그려져있으니 그야말로 인간 사진기, 인간 복사기나 진배없다.

그럼에도 불구하고 화원들은 신분이 낮은 데다 녹봉까지 적어 '투잡(two job)'을 뛸 수밖에 없었다. 언젠가 어느 작가가 "작품의 영감을 어떻게 얻으십니까?" 하는 독자의 질문에 "계

• 청계천 광교와 장통교 사이에 위치한 〈정조대왕능행반차도〉. 2005년 도자 벽화 형태로 복원되었다.

약금이 입금된 것을 확인하면서 얻습니다"고 답하는 것을 듣고 헛웃음을 터뜨린 적이 있다. 너무나 당연하게도 예술가 역시 이슬만 먹고 살 수는 없다. 아무리 제가 좋아서 하는 일이라지만 최소한 동굴 천정에 들소를 그릴 때보다는 적절한 보상이 주어져야 마땅하다. 하지만 예술가의 가난은 동서고금을 가뿐히 뛰어넘고 가로지른다. 조선의 선배들도 가파른 삶 속에서 지극한 발버둥질로 예술을 지킬 수밖에 없었다. 지금 우리가 감상하는 단원 김홍도와 혜원 신윤복의 빼어난 풍속화는 도화서의 직원으로 일하는 동시에 외부의 주문 제작으로 그려진 작품들이다. 밥벌이는 무엇이든 처연하고 위대하다.

고단했던 예술가들의 산실, 도화서 터는 지하철 2호선 을지로입구역 4번 출구 바로 옆구리에 숨은 듯 끼여 있다. 서울시의 표석 정비 사업 시행 전까지 도화서 표석은 조계사 옆 우정총국 도로변에 있었다. 두 곳에 설치된 도화서 표석의 내력을 따지자면 둘 다 틀린 것은 아니다. 다만 우정총국 어름이 관청이었다면 을지로입구역 부근은 화공을 양성하던 교육기관이었다. 그래서 당연히 나는 화공들이 배우고 일하던 자리인 을지로입구를 찾았다. 예술가들을 '리스트'에 가둔 작금의 개탄스런 행태가 오명을 더하기도 하지만, 애초에 문화체육관광부가 예술의 장소일 수 없는 것과 마찬가지 아닌가?

때마침 프랑스 사람들이 말하는 '개와 늑대의 시간'이었다. 어둠이 내리기 직전의 푸르고도 붉은빛. 그 속에선 길 저편의 검은 물체가 집에서 기르는 개인지 산에서 내려온 늑대인지 분간이 어렵기 마련이다. 길 저편에서 화려한 호텔과 백화점 네온사인이 하나둘 켜지기 시작했다. 동경과 소외, 찬사와 경멸이 교차하는 예술과 예술가의 처지가 꼭 그 개와 늑대 사이 같다는 생각이 머리를 스쳤다.

아무 일도 없는 것처럼, 아무 것도 아닌 것처럼, 표석을 한 번 쓸어보고 지하철 입구로 들어갔다. 사람들의 물결 속에 휩쓸려 흘러가며 한때 이곳에서 붓을 빨고 물감을 섞고 밤새 그림을 그렸을 이들, 세종 때 산수화에 능했던 안견, 성종 때 어진을 제작했던 최경, 영조의 반차도를 밤새워 그렸을 신한평과 이필한과 현재항, 대원군 때 〈동궐도〉를 공동 제작한 100여 명의 화공들을 떠올렸다. 내가 좋아하는 스페인의 화가 고야와 벨라스케스도 그들 같은 궁정 화가였다. 궁정 화가들은 왕과 귀족의 명령을 받드는 수동적인 기술자에 불과하다는 오명과

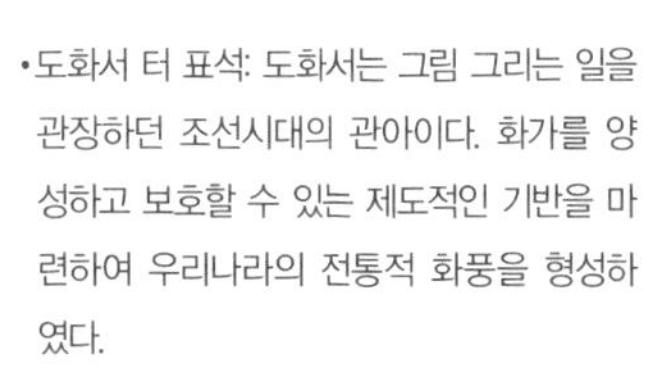
•도화서 터 표석: 도화서는 그림 그리는 일을 관장하던 조선시대의 관아이다. 화가를 양성하고 보호할 수 있는 제도적인 기반을 마련하여 우리나라의 전통적 화풍을 형성하였다.

함께 돈과 명예를 좇는다는 비난을 받기도 했다. 하지만 그중에 누군가는 이름이 남고 누군가는 영원히 사라진 것은, 명백한 제한 속에서도 작품 속에 자신의 영혼을 껴묻을 수 있었는가 없었는가의 문제와 관련될 테다. 인간의 영혼은, 그 보이지 않고 소리도 냄새도 없는 것은, 오직 예술을 통해서만 이따금 번쩍 빛날 뿐이다.

세상의 이치를 화폭에 담다

표석에 쓰인 '전통적 화풍'이란 게 과연 무얼까? 한국인들은 한국의 전통적 화풍을 무엇이라 생각하고 있을까?

이따금 앎의 충동에 휩싸여 새로운 분야의 강의를 듣곤 한다. 독실한 무신론자로서 『구약 성경』 강좌를 들었고, 뼛속 깊은 문과생으로서 현대 과학사 강좌를 수강했다. 내게 공부는 취미이자 낯선 길을 산책하는 일이다. 약간은 긴장한 채 이리저리 두리번거리며 새로운 자극을 즐긴다. 그러던 중 몇 해 전 한국 미술사 특강을 들었다. 미술을 좋아하는 편이기는 하지만 정작 많이 접한 것은 서양 회화일 뿐, 한국 미술은 학창 시절 미술 시간에 배운 얄팍한 교과서 지식이 전부였다.

미술은 시와 같아서 그 지질한 창작 과정을 싹둑 끊어내고 쌈박한 결과물만을 보여준다. 따라서 내막을 얼마나 잘 알고 정확히 이해하는가에 따라 느낌도 크게 달라진다. 9주에 걸친 특강은 정말 재미있었다. 한국의 암각화와 고분의 그림들, 종교적 장엄미를 드러내는 사원과 탑, 생사를 초월한 가르침을 평면에 옮긴 불화(佛畵), 생활 속 미술로 자리 잡았던 비색 청자와 분청사기, 묘사의 극치를 보여주는 한국의 초상화, 세상의 이치와 이상을 화폭에 담은 초충도와 사군자, 대자연을 품은 조선시대 산수화와 선비들의 이상과 학문이 승화된 서화 예술까지……. 나는 늘 앞자리에 앉아 가장 크게 고개를 끄덕이는 학생이었다.

짧은 배움에 불과했으나 한국의 전통적 화풍을 내 멋대로 정리해 말하자면 한마디로 보이지 않는 가치를 보이는 것에 담고자 하는 것이다. 죽은 이의 공간과 흙으로 빚은 자기에 마음을 담고, 그림에 정신과 이념과 이상을 담고자 한다. 인가탈진(因假奪眞)! 가(假)로서 진(眞)을 빼앗는다. 즉 참에 이르고자 가짜에 뜻을 의탁한다. 언제나 내가 되뇌곤 했던, '소설은 사실이 아닌 거짓이되, 사실보다 더 진실에 가까운 거짓'이라는 말과 일맥상통한다. 오, 지금껏 미처 깨닫지 못했으되 나는 참으로 '전통적'이었던 모양이다.

어쩌면 조선의 회화는 모순을 바탕으로 싹텄다. 작품은 가장 높고 우아한 수준을 요구하는 한편 창작자는 낮은 지위와 신분으로 천대했다. 그러다보니 영조 때의 문인 조영석같이 기묘한 운명의 화가마저 등장했다. 호가 관아재인 조영석은 양반가의 자손으로 진사시에 합격해 벼슬길에 올랐으나 기막힌 손재주를 가졌다는 것이 불행이라면 불행이었다. 관아재가 형님 조영복을 그린 초상화를 본 영조가 자신의 부왕(父王)인 숙종의 어진 제작에 참여하라고 명했다. 하지만 관아재는 기술로 임금을 섬기는 것은 선비의 도리가 아니라며 사양했고, 그날 밤 집에 돌아와 울면서 왕이 사대부를 능멸했다고 한탄했다. 그리고 결심하길 쓸데없는 재주로 수모를 당했으니 다시는 붓을 잡지 않겠다고 절필해버렸다.

하지만 문제적 상황은 바로 이 다음부터다. 관아재가 사망한 후 슬금슬금 소문이 퍼지기 시작했다.

"관아재 조영석은 그림쟁이였다!"

관아재는 사후 여러 문집과 함께 스스로 묶은 『사제첩』이라는 화첩을 남겼는데, 그 표지에 '물시인 범자 비오자손(勿示人 犯者 非吾子孫)'이라고 써놓았다. 거칠게 풀자면 이렇다.

"이 책을 열면 내 자식이 아니다!"

그럼에도 『사제첩』의 '사제(麝臍)'는 바로 사향노루의 배꼽이란 뜻이다. 절필까지 한 마당에 숨어서 몰래몰래 그림을 그릴 수밖에 없는 자신의 창작욕과 그림 솜씨가 마치 물어뜯어도 사라지지 않는 사향노루의 배꼽과 같다고 자조한 것이다. 관아재가 남몰래 그려 남긴 그림들을 한 점 한 점 펼쳐 보노라면 미욱한 후학은 가슴이 먹먹할 뿐이다. 예술은 그토록 중독성 강한 황홀이자 고통이다.

• 도화서 터 2호선 을지로입구역 4번 출구 뒤편 보도.

4장

사랑도 꿈도 잔인한 계절

어쩌다
사랑은

시인이 시를 버린다는 건

신체의 일부를 잃는 고통에 비견할 만하다.

절단 사고를 당한 이들이 겪는

환상 통증이 고스란히 재현된다.

그럼에도 이옥봉은 사랑을 위해 시를 버렸다.

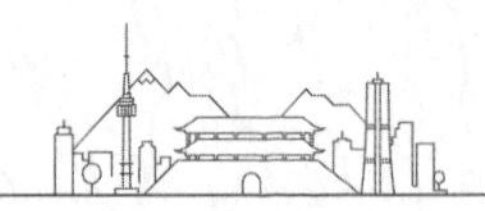

짧은 퀴즈를 하나 풀어보자.

조선시대에 여자로 태어난 나는 열녀가 되고자 한다. 그런 내 눈앞에 남편과 시부모가 동시에 강에 빠진 채 허우적대고 있다. 이때 나는 어떻게 행동해야 열녀가 되어 가문의 이름을 드높이는 정문(旌門)을 받을 수 있을까?

정답을 말하자면 이렇다.

우선 잠시의 머뭇거림도 없이 강물에 뛰어들어 시부모를 구해내야 한다. 남편까지 동시에 구하면 좋겠지만 나는 헤라클레스의 괴력을 소유한 국가대표 수영 선수가 아니다. 따라서 내가 시부모를 구해내는 사이에 남편은 물속으로 사라진다. 하지만 나는 남편을 삼킨 강물 속으로 다시 뛰어들어야 한다. 죽은 남편을 따라 죽어야 비로소 열녀로서의 조건이 완성되기 때문이다.

이처럼 괴이한 중에도 특이한 점은, 남편보다 시부모를 먼저

구하는 대목이다. 오경(五經)의 하나로 예법의 이론과 실제를 풀이한 『예기』에서는 혼례불하(婚禮不賀), 즉 '혼인은 축하할 일이 못 된다'고까지 하였다. 남편과 아내가 서로 사랑하는 것을 북돋우지 않는 까닭은 자명하여 어이없다. 부부의 사랑이 너무 깊으면 효심이 시들어서 어른들을 모시는 데 소홀해질 수 있다는 것이다. 그리하여 중국의 속담에는 이런 말이 있다. 효자는 네 번 장가를 가야 한다고.

효친(孝親), 즉 효도는 유교의 제일 가치였다. 농경 사회의 연장자 우대는 보편적으로 나타나는 관습이다. 효가 미덕인 것만은 분명하다. 부모로서 자식을 아끼는 내리사랑이 본능이라면, 자식으로서 부모를 공경하는 치사랑은 보은의 의식적인 행위를 내포한다. 사랑을 받았으니 사랑으로 갚는 것이다. 그런데 유교가 전면에 내세운 효친은 그 의미를 뛰어넘어 사회복지의 개인적 해결과 만백성의 어버이인 왕에 대한 충성까지를 한 방에 해결했다. 간편한 만큼 강렬할 수밖에 없었다. 전래 설화에는 부모의 병환을 고치기 위해 자식을 죽여 약으로 먹이는 장면이 아무렇지도 않게 등장한다. 철두철미한 이데올로기는 종종 엽기가 된다.

하지만 그런 윤리의 시대조차 이미 저물었다. 고령화 사회를 지나 초고령화 사회를 향해 가는 한국에서 효를 말하고 행한다는 것은 어떤 의미일까? 자식들을 기르고 가르치느라 노후 준비를 하지 못해 빈곤에 시달리는 노인들과, 부모 봉양과 자식 교육 사이에서 새우 등 터지는 중년들과, 제 몸 하나 운신하기 버거운 터에 가족을 부양한다는 건 불가능이라며 결혼과 출산을 포기하는 젊은이들……. 그 가파른 틈과 틈 사이 어디에 '효'라는 말을 끼워넣을 수 있을까?

여기 두 효자가 있었다

하나뿐인 동생이 얼마 전 고향을 떠나 서촌에 방 한 칸을 얻었다. 오늘은 녀석에게 줄 반찬을 챙겨들고 길을 나섰다. 봄기운이 물씬한 휴일에 경복궁역 주변은 한복을 한껏 차려입은 아씨와 도령 들로 북적거린다. 유명한 삼계탕 집은 중국인 관광객들이 너무 길게 줄을 서 있어서 엄두도 내지 못하고 동생과 초밥에 메밀국수를 나눠 먹은 후 함께 표석을 찾아 나섰다.

경복궁역 3번 출구에서 자하문로를 따라 청운동 방향으로 직진하다가 서촌갤러리 골목으로 접어들면 곧장 4층짜리 성주빌라가 보인다. 빌라 담벼락 모퉁이에 서울시 기념물인 신익희 가옥으로 가는 방향 표지와 함께 2016년 4월 정비 작업을 통해 새로 설치된 표석이 오뚝 서 있는데, 바로 쌍홍문 터 표석이다.

쌍홍문은 선조 임금이 조원의 아들 희정과 희철의 효성을 기리기 위해 내린 정려문(旌閭門)이다. 효자동이라는 동 이름의 효자가 바로 그 효자였다. 정려문, 홍문(紅門), 즉 붉은 문 두 개가 내려져 쌍홍문이고, 그 쌍홍문을 받은 두 명의 효자가 있어서 쌍효자 거리요 효자골이었다. 내친김에 청운동사무소를 지나 경복고등학교까지 가보기로 했다. 큰길을 따라가다 보니 경기상업고등학교 교문이 나타나는데 지도상으로 붙어 있다시피 한 경복고등학교로 가는 길은 찾을 수 없다. 어쨌거나 동네 주민인 동생을 다그치니 자기도 여기까지 올라와 본 적이 없고, 동네 곳곳에 서있던 돌이며 비(碑) 들이 표석이라 불린다는 것도 오늘에야 알았다고 한다.

길도 못 찾는 사대문 안 주민을 구박하며 왔던 길을 되돌아간다. 청운초등학교 앞 교차로에서 좌회전해 들어가니 왼쪽 골목 끝에 경복고등학교 정문이 보인다. 운강대 표석은 자

• 쌍홍문 터 표석: 쌍홍문은 조선 14대 임금 선조가 조원(1544~ 1595)의 두 아들 희정과 희철의 효성을 기리기 위해 내린 한 쌍의 정려문이다. 효자동이라는 동 이름이 여기에서 유래하였다.

그마한 바윗돌의 형태로 학교 본관을 향해 가는 화단에 자리하고 있고 그 곁에는 단기 4289년, 즉 서기 1956년에 경복고등학교 31회 졸업생들이 세운 기념비가 나란히 서있다. 기념비에 간단히 요약되어있는 쌍홍문의 사연을 풀어보자면 이러하다.

운강대는 승지 조원의 집터로, 조원의 호가 바로 운강이다. 조원에게는 네 명의 아들이 있었는데 희정과 희철, 그리고 희일과 희진이었다. 임진왜란이 일어나자 장남인 희정과 차남인 희철은 어머니 이씨를 모시고 강화도로 피난을 떠난다. 판서

• 운강대 표석. 승지 조원의 집터이다.

이준민의 딸인 이씨가 조원과 혼인한 데는 조원이 영남의 대학자 조식의 문인이고 조식이 이준민의 외삼촌이라는 내력이 있었다. 아무튼 대단한 명문가에 조원 또한 효성과 문장으로 이름이 높았다.

사건은 피난지인 강화도에까지 왜군이 들이닥치면서 터진다. 큰아들 희정은 어머니를 보호하고자 맨손으로 왜군에 맞서다가 칼에 맞아 숨지고 만다. 뒤이어 작은아들 희철이 달려들어 난투극을 벌인 끝에 가까스로 왜군을 제압하고 어머니를 구해 산속으로 피신한다. 희철은 산속에서 초근목피(草根

木皮)로 어머니를 봉양했지만 왜군과 싸우다 입은 상처가 도지고 굶주림을 견디지 못해 자기는 끝내 죽고 만다.

어머니를 살리고 두 아들이 죽어 효성을 기리는 정문을 받았다. 그런데 어쩐지 나는 이 이야기가 미담으로 들리지 않는다. 후일 예조 참판에 오른 셋째 아들 희일과 청송 부사가 된 막내 희진이 선조 25년(1592)에 18세, 14세였던 것으로 추정하면 희정과 희철은 기껏해야 이십 대 초중반이었을 것이다. 바로 내 아들의 나이이다. 내 아들이 나를 위해 대신 칼을 맞고 굶어 죽는다? 차마 상상조차 할 수 없는 고통이요 엽기다. 과연 시대의 가치와 윤리가 인지상정마저 뛰어넘을 수 있을까? 눈앞에서 죽어나가는 자식들을 봐야만 했던 이씨는 과연 흐뭇하고 행복했겠는가? 대체 효가 무엇이관데?

"아, 그럴 바에야 내 아들은 차라리 불효자로 살았으면 좋겠어!"

내 삶의 주인은 나라고 부르짖으며 왕년에 부모님을 꽤나 괴롭혔던 불효자 불효녀로서, 동생과 나는 동시에 고개를 끄덕였다. 내가 바라는 아들의 효도는 그가 자신의 삶을 살며 스스로 행복해지는 것뿐이다.

'구름 강'의 또 다른 이야기

운강대 자리에 1921년 개교한 경복고등학교는 100년에 가까운 역사를 지닌 명문이다. 그럴 만하다 싶은 것이 등지고 선 북악산의 풍광이 자못 수려하고 우람하다. 교정의 게시판을 보니 까마귀, 꾀꼬리, 딱새, 멧비둘기, 뻐꾸기, 소쩍새, 어치, 직박구리, 찌르래기가 날아온단다.

한참 동안 기다렸는데 새는 한 마리도 날아오지 않고, 봄볕 아래 고즈넉한 교정을 거니노라니 이곳에 잠시 머물렀던 한 여인이 떠오른다. 이름은 이원이요 호는 옥봉, 허균이 자기 누이 허난설헌과 더불어 조선 최고의 여성 시인으로 손꼽았던 인물이다. 이옥봉이 이곳 운강대에 머물렀던 까닭은 그녀가 조원의 소실, 첩이었기 때문이다.

이옥봉은 선조의 생부인 덕흥대원군의 후손 이봉의 서녀로 왕실의 핏줄이었다. 예술적 재능이 뛰어나고 자존심이 강했던 이옥봉이 조원의 첩이 되기까지의 사연에는 몇 가지 버전이 있다. 양반의 정실이 될 수 없는 서녀였기에 시로써 선비들과 교유하는 기생이 되었다가 조원을 만났다는 설도 있고, 청상

과부로 친정에 머무르던 중 아버지가 연 시회(詩會)에서 조원에게 반해 소실이 되길 청했다는 설도 있다.

> 만일 꿈속 내 혼이 자취를 남겼다면,
> 그대 집 앞 돌길은 이미 모래가 되었을 텐데.

절창 「몽혼」은 그 사랑의 흔적이다. 어쨌거나 이옥봉은 스스로 사랑을 선택했다. 일설에는 조원이 이옥봉을 소실로 들이는 조건으로 다시는 시를 쓰지 않겠다는 약속을 받았다고 하였다. 문학을 앓아본 사람으로서 이해하건대, 시인이 시를 버린다는 건 신체의 일부를 잃는 고통에 비견할 만하다. 절단 사고를 당한 이들이 겪는 환상 통증이 고스란히 재현된다. 그럼에도 이옥봉은 사랑을 위해 시를 버렸다.

그런데 조원의 고손자인 조정만이 남긴 「이옥봉 행적」을 보면 아예 글을 쓰지 못하게 한 건 아닌 것 같다. 조원이 관직을 그만둔 후 책력(冊曆)을 달라는 청탁을 받자, 조원은 없는 것을 어찌 주느냐며 이옥봉에게 답장을 쓰게 했다. 이에 옥봉이 썼다.

"어찌 남산의 승려에게 빗을 빌려달라고는 안 하시오?"

절필 서약이라는 야담이 비롯된 데는 다른 사건이 있었다. 운강대에 숨은 듯 숨죽이고 10년쯤을 살았을 때, 평소에 알던 산지기의 아내가 이옥봉을 찾아와 하소연한다. 남편이 소를 훔쳤다는 누명을 쓰고 잡혀갔으니 파주 목사에게 탄원의 시를 써달라는 것이었다. 옥봉은 조원과의 약속을 내세워 거절하지만 남편을 잃게 된 산지기의 아내가 죽기 살기로 매달리니 어쩔 수 없다. 결국 이옥봉이 써준 시로 산지기는 풀려나지만 사실을 알게 된 조원은 약속을 어겼다며, 혹은 "함부로 시를 써주어 나라의 옥사를 풀어주고 다른 사람들의 이목을 집중시켰다"는 이유로 매정스럽게 옥봉을 내쫓는다.

사랑을 잃고, 그녀는 아무것도 쓸 수 없다. 쓸 수 없고, 살 수 없다. 그녀는 그만 세상에서 사라진다……. 그런 이옥봉이 다시 세상에 나타난 것은 40여 년이 지난 후였다. 조원의 아들 조희일이 명나라에 사신으로 갔다가 시집을 한 권 선물받았는데 놀랍게도 중국에서 발간된 이옥봉의 시집이었다. 자초지종인즉 바닷가에 괴이한 주검이 떠돌아 사람을 시켜 건져 올리도록 했더니, 안쪽에 시가 빼곡히 적힌 종이로 수백 겹 말려 있었고 말미엔 '해동 조선국 승지 조원의 첩 이옥봉'이라고 적혀있었다는 것이다.

이수광의 『지봉유설』에 실린 이 이야기는 또 다른 야담이다. 실제로 조희일은 중국에 사신으로 간 적이 없고, 다만 이옥봉의 시를 모은 『가림세고』를 편찬했다. 이옥봉의 시가 허난설헌의 그것과 함께 효종 3년(1652) 중국에서 간행된 『열조시집』에 실린 것은 사실이다.

운강대, 산기슭의 구름 강. 천리를 보존하고 인욕을 소멸하리라는 존천리 멸인욕을 내세우는 유교 사회에서, 기이하게도 천리와 인욕이 한데 머물렀던 장소다. 끔찍한 효성과 끔찍한 사랑, 이곳에 살았던 두 여인은 과연 행복했을까?

- **쌍홍문 터** 3호선 경복궁역 3번 출구 700미터 지점 성주빌라 앞 보도.
- **운강대** 서울시 종로구 자하문로28가길 9 경복고등학교 내.

영욕의
세월이 빚은
예술혼

왕가의 사돈집 귀공자가

오이 밭에서 생을 마감하기까지 일흔 해가 지났다.

그 영욕의 세월이 추사의 예술을 다듬어 키웠으니,

예술가에게 예술은 참으로 잔인한 축복이 아닐 수 없다.

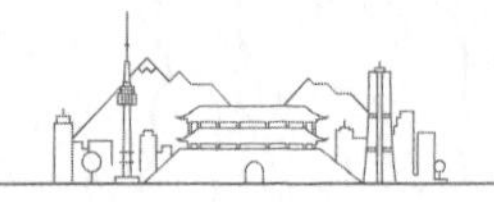

애초에 추사 김정희에 대한 이야기는 연재의 마지막 꼭지로 남겨두려 했다.

그를 아는 사람들이 가장 사랑하는 작품 중의 하나인 〈세한도〉가 봄보다는 겨울에 어울리는 그림이기에 그랬고, 연재를 마감하며 지난 역사를 통해 지금의 삶을 돌아보기에 추사만 한 선진(先進)이 없다 싶어서 그랬다.

그런데 우연히 『완당평전』을 썼던 유홍준 선생이 추사가 말년에 머물렀던 과지초당의 마을에 찾아온다는 소식을 들었다. 시절인연(時節因緣)이라, 이것도 기회다 싶어 강연이 열리는 시민회관까지 한달음에 달려갔다.

추사는 연구자도 추종자도 많은 거장이라, 2006년 후지츠카 아키나오가 선친이 수집한 관련 자료 일체를 과천 추사박물관에 기증하기 4년 전 발간된 『완당평전』에 무수한 오류가 지적될 수밖에 없었을 것이다. 강의는 2002년 펴냈던 『완당평

• 경기도 과천시에 위치한 과지초당. 추사가 말년에 머물렀던 장소로 정원과 숲, 연못이 아름다운 경관을 이루고 있다.

전』을 스스로 절판시킨 소회와 함께 시작되었는데, '무림의 고수'들의 맹공격에 대한 필자의 반성이 다행스럽고 차라리 미쁘게 느껴졌다.

작금의 글을 비롯해 역사를 소재로 한 소설이나 글을 쓸 때면 나 또한 항시 조심스럽다. 전공자나 연구자가 아닌 터에 오류의 가능성은 피할 수 없고, 행여 그에 고집과 오기가 더해지면 왜곡이 되기 십상이기 때문이다. 그래서 나는 언제나 배우는 자세, 말 그대로 학생의 자리를 잊지 않으려 한다. 본디 틀리면 고치고 모자라면 더하는 게, 그 과정을 즐거이 행하는 것이 공부가 아니런가!

유 선생의 강의는 약간은 조심스럽게, 하지만 특유의 입심으로 진진하게 진행되었다. 고증학, 금석학, 경학, 불교학을 두루 꿰뚫고 일가를 이룬 추사를 경외할 수밖에 없음은 명확하려니와, 진흥왕 순수비를 탐사하고 숙신과 발해를 연구한 민족주의자이면서 18세기의 국제주의자인 추사의 족적을 따라 좇는 것은 지성과 감성, 상상력까지를 모두 동원해야 가능한 일이다.

하지만 2시간을 꽉 채운 강의를 듣고 나올 때 무엇보다 가슴을 저미는 것은 인간 추사의 삶에 대한 연민과 공감이었다.

학자적 풍모를 넘어 예술가로서의 고뇌와 성취를 이해하기 위해서는 그의 삶을 톺아보지 않을 수 없으니, 『조선왕조실록』에 실린 「전(前) 참판 김정희의 졸기」는 다음과 같다.

> 김정희는 이조 판서 김노경의 아들로서 총명하고 기억력이 투철하여 여러 가지 서적을 널리 읽었으며, 금석문(金石文)과 도사(圖史)에 깊이 통달하여 초서·해서·전서·예서에 있어서 참다운 경지를 신기하게 깨달았었다. 때로는 거리낌 없는 바를 행했으나, 사람들이 시비하지 못하였다. 그의 중제 김명희와 더불어 훈지처럼 서로 화답하여 울연히 당세의 대가가 되었다. 조세(早歲)에는 영명을 드날렸으나, 중간에 가화(家禍)를 만나서 남쪽으로 귀양 가고 북쪽으로 귀양 가서 온갖 풍상을 다 겪었으니, 세상에 쓰이고 혹은 버림을 받으며 나아가고 또는 물러갔음을 세상에서 간혹 송(宋)나라의 소식에게 견주기도 하였다.

한마디로 파란만장한 삶이다. 롤러코스터를 탄 듯 치올랐다 곤두박질쳤다. 왕가의 사돈집 귀공자가 과천의 오이 밭에서 생을 마감하기까지 일흔 해가 지났다. 그 영욕의 세월이 온전히 추사의 예술을 다듬어 키웠으니, 예술가에게 예술은 참으로 잔인한 축복이 아닐 수 없다.

백송나무 집에서 오이 밭까지

몇 해 전 그때도 봄이었다. 지금은 군에 있는 아들과 함께 추사박물관을 관람했다. 추사박물관이 자리한 곳은 과천 시내보다 서울과 경기도의 경계에 더 가까운 주암동이다. 대중교통을 이용하기엔 좀 불편해서 갈 때는 버스를 타고 화물터미널 정류장에 내려 한참을 걸었고, 올 때는 시간을 맞춰 과천시 마을버스를 탔다. 외진 곳에 있어서인지 관람객도 우리 말고는 없어서 나이에 비해 취향이 고색창연한 아들과 즐거이 박물관을 누볐다.

추사의 흔적은 한반도 곳곳에 흩어져 있다. 태어난 충남 예산에 고택과 묘소와 기념관이 있고, 귀양살이를 갔던 제주 대정에 추사관이 있으며, 만 권의 책을 읽고 학예를 꽃피웠던 서울시 통의동 집터가 있고, 귀양에서 돌아와 잠시 살았던 용산,

다시 귀양살이를 했던 함경도 북청, 그리고 생애 마지막 4년 동안 머물렀던 과천에 박물관이 건립되어 있다.

추사박물관에서 주목할 만한 점은 후지츠카 가(家)의 기증품들이다. 2차에 걸쳐 친필과 유품 1만여 점을 기증한 후지츠카 아키나오는 일제강점기에 경성제국대학 교수로 재직하며 추사를 연구했던 후지츠카 치카시의 아들이다. 후지츠카 치카시는 한때 〈세한도〉를 소장했던 인물로 경성제국대학 교수 시절 우연히 접한 추사에 매료되어 추사 연구의 일인자가 되었다.

현재 국립중앙박물관에 있는 그 그림, 〈세한도〉는 추사의 생애만큼이나 이력이 파란만장하다. 10년 전에 벌어졌던 부친의 옥사에 다시금 연루되어 제주도에서 위리안치(圍籬安置)로 9년을 보내는 동안, 대사성과 병조 참판으로 승승장구했던 추사는 지옥에 떨어진 것만큼의 고통과 치욕을 맛보았을 것이다. 마지막 해에 제자가 제주 목사로 부임해 탱자나무 가시 울타리를 열어주기 전까지 꼼짝없이 바람과 고독에 갇혀 있었다. 그러던 차에 제자 이상적이 북경 유리창에서 귀한 서책을 구해 찾아오니 얼마나 기쁘고 고맙고 눈물겨웠을까?

그 마음을 표하고자 소매를 걷고 그림을 그린다. 찬바람 속에 시든 듯 빳빳이 곧추선 소나무와 잣나무, 그리고 개집

같기도 하고 움막 같기도 한 지붕 낮은 집 한 채. 그림의 제목은 『논어』「자한」 편의 문장에서 따왔으니, "날씨가 추워진 후에야 소나무와 잣나무가 늦게 시드는 것을 알 수 있다"는 뜻이다.

6세에 후손이 없는 백부의 양자로 들어간 추사가 살았던 곳은 '백송나무 아래 집'으로 알려져 있다. 봄바람을 맞으며 서촌을 헤매어 다닌 끝에 확인해보니 김정희 본가 터 표석이 있는 자리와 통의동 백송 터는 걸어서 5분 정도 거리에 떨어져 있다.

> 이곳은 그의 증조부모인 월성위 김한신과 화순옹주 때부터 경주 김씨 본가가 있던 터이다.

아하, 본가 터 표석에 적힌 대로 영조가 특별히 총애했던 화순옹주를 시집보내며 마련해준 궁이라면 그 정도 규모가 될 만하겠다. 비록 지금은 빌딩과 식당과 게스트하우스 등등으로 메워져 그 집에 그 나무라고 생각하기 어렵지만 말이다.

도로의 차들이 쌩쌩 달린다. 빵빵 경적을 울린다. 조선 왕실의 여인 가운데 남편을 따라 죽은 유일한 열녀인 화순옹주가

•김정희 본가 터: 추사 김정희(1786~1856)는 조선 말기의 이름 높은 학자이자 서예가, 화가이다. 이곳은 그의 증조부모인 월성위 김한신과 화순옹주 때부터 경주 김씨 본가가 있던 터이다.

살았던 그곳, 6세에 대문에다 써 붙인 입춘첩 글씨를 보고 박제가가 스스로 스승 되기를 청했다는 그곳, 7세에 다시 재상 채제공이 입춘첩을 보고 "글씨로 이름을 날릴 것"이라고 예언했다는 그곳, 그러나 12세에 조부모와 양부를 잃고 16세에 첫 번째 부인 이씨와 스승 박제가와 죽음으로 헤어지고 20세에 양모까지 떠나보낸 그곳.

백송나무는 수령이 50년을 넘어서야 비로소 껍질이 하얗게 된다고 한다. 그토록 하얀 몸뚱이로 300년을 버티다가 1990년 7월 태풍으로 쓰러져 이제는 말라죽은 밑동으로만 남은 백송나무는 그 천재 소년의 빛나는 슬픔을 모두 보았을까?

속담에 '명필은 붓 타박을 하지 않는다'지만, 실로 추사는 좋은 종이에 좋은 붓과 좋은 먹만 썼다고 한다. 붓 중에 가장 좋은 붓은 서수필(鼠鬚筆), 족제비도 다람쥐도 노루도 담비도 아닌 쥐의 수염으로 만든 붓이란다. 그런 호사를 부릴 만큼의 스타일리스트이자 명문가의 귀자(貴子)였던 추사가 백양나무 집을 떠나 오이 밭에서 생을 마감한 데는 연유가 있을 것이다.

짐작하기를, 중장년 때에 영광과 오욕을 두루 겪은 후의 깨달음도 있었겠지만 소년 시절 사랑하는 사람들을 연달아 잃으며 느낀 허무함도 큰 비중을 차지하지 않았을까 싶다. 해남에서 만난 초의 선사와 단번에 '소울 메이트'가 되어버린 사연도 그러하려니와, 사대부인 추사가 마침내는 비구로 출가해 입적한 사실도 추측을 뒷받침한다.

봄과 죽음, 이토록 서로 반대되고 어긋난 현실을 하나로 껴안아야 했던 소년의 가슴 속에는 또 어떤 바람이 불었을까? 추사의 묘소 앞에 서있다는 다복솔은 그것을 알고 있을까?

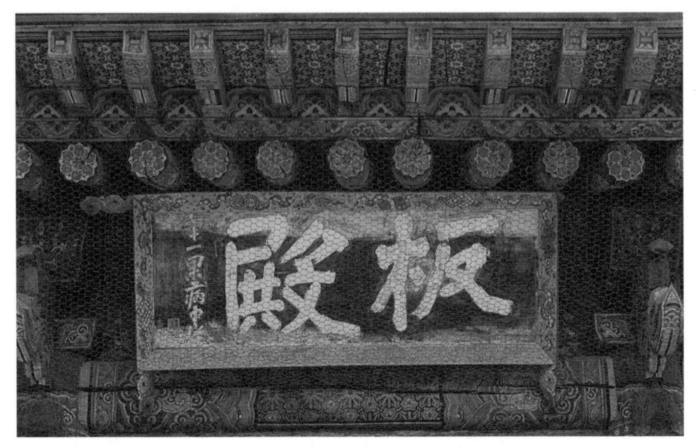

• 추사 편액. 추사가 생전 마지막으로 쓴 글씨로 봉은사 판전의 현판이다.

사흘 전,
마지막 글씨

저녁 어스름에 9호선 봉은사역에 내렸다. 고단한 하루의 끝이라 몸과 마음이 너덜너덜한 기분이었다. 강남 한복판의 큰 절이 왠지 낯설게 느껴져서 좀처럼 발길이 내키지 않던 곳이다. 담을 사이에 둔 고깃집에서 풍겨 나오는 고기 굽는 냄새도 영 거슬렸다. 그래도 어쩌겠는가? 이곳은 인간의 세상이다. 속인들의 삶터다.

진여문을 지나 관세음보살상에 합장하고 대웅전 옆길로 미륵전을 지나 그곳이다.

'판전(板殿) 칠십일과병중작(七十一果病中作).'

새들이 집을 짓지 못하게 쳐놓은 초록 그물 사이로 추사가 세상을 떠나기 사흘 전, 이승에서 쓴 마지막 글씨가 보인다. 봉은사로 출가한 추사는 경판을 보존하는 건물인 판전의 현판을 쓰고 '71세의 과천 늙은이가 병중에 쓰다'고 낙관했다. 기교가 없고 어눌한 듯하지만 소박하고 예스럽다. 유 선생은 71세 추사의 마지막 글씨가 7세 추사가 양자로 간 집에서 친아버지에게 쓴 편지의 글씨와 닮았다는데, 부처는 아이의 모습이라니 그럴 만도 하다 싶다.

연암 박지원의 손자로 조선 말 문신이자 개화사상가인 박규수는 말했다.

> 추사의 글씨는 어려서부터 늙을 때까지 그 서법이 여러 차례 바뀌었다. 어렸을 적에는 오직 동기창체(董其昌體)에 뜻을 두었고, 중세(中歲)에 연경을 다녀온 후에는 당시 중국에서 유행하던 옹방강을 좇아 노닐면서 열심히 그의 글씨를 본받

았다. 그래서 이 무렵 추사의 글씨는 너무 기름지고 획이 두껍고 골기가 적다는 흠이 있었다. 그러나 소동파, 구양순 등 역대 명필들을 열심히 공부하고 익히면서 대가들의 신수(神髓)를 체득하게 되었고, 만년에 제주도 귀양살이로 바다를 건너갔다 돌아온 다음부터는 마침내 남에게 구속받고 본뜨는 경향이 다시는 없고 여러 대가의 장점을 모아서 스스로 일법(一法)을 이루었으니, 신(神)이 오는 듯, 기(氣)가 오는 듯, 바다의 조수가 밀려오는 듯하였다. 그래서 내가 후생 소년들에게 함부로 추사체를 흉내 내지 말라고 한 것이다.

시서화의 삼절(三絶)로 문인화의 이상으로 칭송되는 추사는 천재이되 스스로 진화하는 천재였다. 따라서 추사체는 어느 한 시기 발견되거나 발명된 것이 아니라 추사의 삶과 함께 싹트고 꽃피고 무르익었다. 동시대의 문인 유최진이 말한 대로 "법도를 떠나지 않으면서 또한 법도에 구속받지 않는 법"을 알기까지, 꽃길은 아니었을지나 한 인간과 예술가를 완성시킨 험한 길과 그만큼의 시간이 필요했던 것이다.

고시 공부를 하는 자식들을 위한 기도가 한창인 판전에는 오래 머무를 수 없어 곁의 미륵대불로 향했다. 높이 23미터로 국내 최대라는데 기실 높이며 크기가 무슨 상관이겠는가? 나도 아들을 위해, 잘나서가 아니라 잘난 게 없어 더욱 사랑옵은 자식을 위해 미륵불께 백팔 배를 바쳤다. 봄날이 그렇게 가고 있었다.

- **김정희 본가 터** 3호선 경복궁역 4번 출구 국립고궁박물관 방향 횡단보도 좌측 보도.
- **추사 편액** 9호선 봉은사역 1번 출구 봉은사 내 판전.

태양의 뒤편,
빛과 그림자

하늘에 태양이 두 개 있을 수 없듯

땅에도 두 명의 왕이 존재할 수 없으렷다!

왕이라는 태양, 세상에 하나뿐인 빛의 뒤곁에서

종친들은 그림자로 살아야 했다.

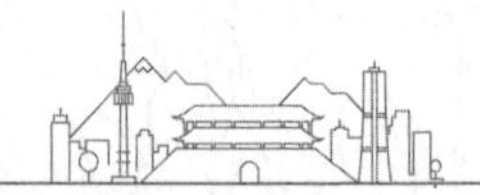

태종 13년(1413) 섣달그믐 날, 세자와 대군과 공주가 부왕을 찾아뵙고 장수를 빌며 노래와 시를 바쳤다. 그중 셋째 아들 충녕대군의 재주가 남다르니 임금이 가상히 여겨 세자에게 말했다.

"장차 너를 도와서 큰일을 결단할 자이다."

이에 세자가 대답했다.

"참으로 현명합니다."

충녕대군이 세자의 명을 받잡아 서연관에서 만들어 온 「효행록」 병풍을 해석하니 그 뜻풀이가 사뭇 자세하고 간곡했다. 모여 앉은 이들이 듣고 감탄하며 기뻐했다.

허나 이야말로 태종이 세상을 떠난 후 편찬된 『조선왕조실록』의 기록이니, 그때는 세자가 폐하여 양녕대군이 되고 충녕대군이 불과 2달 남짓한 세자 기간을 거쳐 왕위를 계승한 터였다. 애초에 정해진 대로 세자가 왕이 되었다면 이 기록은 남지 않았을지 모른다. 재주가 남다른 대군, 왕의 셋째 아들, 그가 어떤 큰일을 어떻게 결단하리라는 것인가?

"너는 할 일이 없으니 평안하게 즐기기나 해라!"

말 잘 듣는 셋째는 일찍이 아버지가 시키신 대로 서예와 그림과 꽃 가꾸기와 거문고 연주 등을 배우고 익혔다. 취미로 즐기기 위한 것인데도 늘 그러하듯 성실하게 열정을 쏟으니 배우는 족족 잘했다. 특히 악기 연주에 있어서는 형님인 세자를 가르칠 정도였다. 하지만 셋째가 정말 좋아하고 잘하는 분야는 따로 있었으니 천부적으로 영명한 그 자질이야말로 다름 아닌 제왕의 것이었다.

아버지는, 냉혹한 권력 투쟁에서 마침내 승리한 태종은, 이 잔인한 모순 앞에 얼마나 괴로웠을까? 순리대로라면 제왕의 자리에 오를 첫째 아들은 부실할뿐더러 허랑방탕스럽다. 공부하지 말고 제발 놀라고 등 떠민 셋째 아들은 천재성이 다분한 데다 몰래 책을 읽다 들킬 정도로 지극한 노력파다. 사실 자체가 위험하다. 자칫하면 걷잡을 수 없는 피바람을 불러일으킬 수 있다.

마침내 아버지는 결단한다. 태어난 순서가 아니라 왕재(王才)를 가진 자가 보위에 오르는 게 순리리라! 이 대목에서 조선

왕실의 종친 가운데 유일한 문과 급제자인 이방원의 이지(理智)와 이복형제를 살해하고 왕위에 오른 쓰라린 경험이 결합되어 빛난다. 조선의 가장 뛰어난 왕, 그 자신이 가는 길이 곧 조선의 길이었던 성군 세종이 탄생하는 역사의 장면이다.

태종의 결단이 예외적이었음은 분명한지라 충녕대군의 비범함과 부왕의 뜻을 눈치챈 양녕대군이 짐짓 허튼짓으로 왕위를 양보했다는 소문도 있었다. 감동적인 효친과 우애의 스토리는 안방극장의 재미는 될 수 있을지언정 사실이 아니다. 자기 아들의 첩까지 빼앗는 패륜적 에테는 물론이거니와 조카인 단종을 폐위 처단하는 데 일조한 일까지……. '인간 말짜'인 양녕대군의 본색을 알고 나면 태종의 취사분별(取捨分別)이 조선을 구했다는 사실에 가슴을 쓸어내리게 된다.

여하튼 태종이 충녕대군에게 공부하지 말고 팡팡 놀라고 재촉한 것은 나름의 사랑이었다. 원칙대로 하자면 셋째 아들은 왕위를 이을 수 없다. 왕실에서 정치적 발언을 할 권리는 왕에게만 있다. 왕자들의 정치적 발언은 왕권에 대한 도전으로 간주되고 자칫하면 역모에 연루되어 사약을 들이켜야 하는 지경이다.

종친은 과거를 쳐서 벼슬길에 오를 방도도 없다. 물론 예외

•종부시 터가 있던 자리 인근의 거리 전경.

는 있었다. 조선시대에 딱 두 명, 문과에 급제한 수양대군이 스스로 영의정이 되고 무과에 급제한 임영대군의 아들 구성군 준(浚)이 영의정 벼슬을 했지만 성종이 즉위하면서 종친의 조정 진출은 금지되었다. 나이 어린 왕의 곁에 유능한 종친이 있으면 왕권이 위태로워지기 때문이다.

하늘에 태양이 두 개 있을 수 없듯 땅에도 두 명의 왕이 존재할 수 없으렷다! 왕이라는 태양, 세상의 하나뿐인 빛의 뒤꼍에서 종친들은 그림자로 살아야 했다.

정조의 이름은 이산? 이성!

창덕궁 앞길, 돈화문 맞은편으로 뚫린 도로 오른편에 종부시 터 표석이 있다. (서울시청 역사문화재과에 확인한 결과, 종부시 터 표석은 2017년 4월 철거되었다.)

종로를 뻔질나게 오가면서도 좀처럼 발길이 닿지 않던 골목이다. 이 직선 도로는 남산 한옥마을까지 연결되어 있는데 일제강점기에 통감부가 그곳에 들어앉으면서 왕궁까지 편리하게 오가기 위해 뚫었다고 한다.

길가 화단에 덩그마니 놓인 표석 맞은편에는 석조물 골동품점이 있다. 마당에 나앉은 석등과 비석 받침, 문신석과 무신석이 기묘한 느낌을 준다. 지나가버린, 회복할 수 없는, 폐허의 쓸쓸함이다. 그러나 조선 왕실의 족보를 편찬하고 종실을 관리하던 이곳 종부시에서 왕가 전주 이씨의 족보인 『선원록』을 만들 때 그들은 꿈꾸었을 게다. 영원히 무궁하여 사라지지 않는 왕국을.

왕조 국가의 기본이자 기반은 혈통의 보존이다. 한때 〈이산〉이라는 제목으로 방영된 드라마 때문에 꼼짝없이 그 이름으로 불리게 되어버린 정조 임금의 사연이 떠오른다. 정조의 휘(諱)는 본디 셈한다는 뜻의 한자인 '산(祘)'이었다. 그럼 무엇이 문제일까? 『선원록』의 '산(祘)' 자 옆에는 굳이 '셩'이라는 독음이 붙어있으니, 후일 단모음화로 '이성'이 된 그 이름이야말로 주인인 정조 자신의 뜻이다.

알다시피 정조는 영조의 손자이자 사도세자의 아들로 비극적인 가족사를 겪은 바 있다.

"할바마마, 아바마마를 살려주시옵소서!"

아버지가 할아버지의 손에 죽게 된 지경에 이르러 무력하게 울부짖는 11세의 소년을 상상하면 가슴이 저릿하다. 정조가 생전에 술고래에 골초로 스스로를 괴롭혔던 까닭도 짐작될 만하다. 누군가는 세종에 버금가는 성군으로 칭송하기도 하지만 내게 정조 임금은 뜻밖의(!) 보수주의자이자 트라우마에 사로잡힌 존재로 느껴진다.

영조에게 아들이 귀했듯 정조 또한 자손이 귀했다. 딸 둘 중 하나가 어려서 죽었고 마흔을 목전에 두고서야 정비가 아닌 후궁에게서 나중에 순조가 되는 아들 하나를 보았다. 어린 왕세자는 개인의 고민이 아닌 나라의 근심이기 마련! 정조가 굳이 자신의 이름을 바꾸면서까지 소망했던 것이 있었다.

19세기 문인 장지완이 남긴 「규장전운간오」에는 정조의 이름이 초기에 '산'으로 읽히다가 후일 '성'으로 바뀐 사연이 밝혀져 있다. 장지완은 말하길 "왜냐하면 '성'이라는 글자는 서약봉의 이름으로 자손이 아주 많았기 때문"이라고 했다. 서약봉은 당시의 세족(世族)인 서성으로, 정조가 그를 따라 이름을 바꿀 정도로 부러워했던 복록이란 바로 끌끌한 네 아들과 번창한 후손들이었던 것이다.

조선 왕조에서 세자로 책봉된 뒤 정상적으로 왕위를 계승한 경우는 문종, 단종, 연산군, 인종, 숙종, 경종, 순종 등 7명뿐이다. 나머지는 태종, 세조처럼 임금의 다른 자식이 계승한 경우이거나 선조나 인조처럼 서(庶)손자가 계승한 경우였다.

아버지가 아들을 죽이는 참변을 목격한 손자가 자손의 번성을 간절히 소망하는, 그 모습 자체가 자닝하고도 그로테스크하다. 캄캄한 방의 천한 여자로서는 이해할 수 없는 권력이란 것이 과연 무엇이기에?

무위의 즐거움 혹은 괴로움

좀처럼 쏘다니지 않으니 세상이 바뀐 것도 몰랐다. 안국역을 지나 경복궁역에 닿기 전 삼청로에 국립현대미술관 서울관이 멋들어지게 들어서 있다. 2013년 말에 문을 열었다는데 이전에는 국군기무사령부가 있었으니 민간인으로서는 모를 만도 하다. 그런데 대체 여기 어느 녹지에 종친부 터 표석이 있다는 건가?

몇 바퀴를 뺑뺑 돌았다. 분명히 있다는데 찾을 수 없다. 결

• 왕실의 사무를 처리하던 경근당.

국 정독도서관 앞까지 갔다가 북촌관광안내소에서 도움을 받아 위치를 알아냈다. 국립현대미술관 서울관에 있긴 있었다. 미술관 오른쪽 옆구리에 샛길로 들어가면 지도상 경근당과 옥첩당으로 표기되어 있는 그곳이 종친부 자리였다. 찾고 나니 미술관 뒤편에 안내 화살표도 눈에 띈다.

언제나 느끼지만 길 찾기는 참으로 이상스럽다. 찾기 전까지는 어려운데 찾고 나면 쉽다. 모르는 길을 가면 더디게 느껴

•고위 관리들의 집무처였던 옥첩당.

지는데 알고 돌아오는 길은 빠른 듯한 기분과 같다. 한 번 더 거듭되면 고단한 삶도 조금은 쉽게 느껴질까? 아직 두 번째로 살고 있다는 사람을 만나지 못해 확인할 길은 없다.

평일 오후 미술관 뒤뜰은 고즈넉하다. 종친부는 1981년부터 2013년까지 정독도서관으로 옮겨졌다가 국립현대미술관 서울관이 건립되면서 경복궁 건춘문 밖 본래의 자리를 되찾았다고 한다. 종친부의 건물 중 왕실의 사무를 처리하던 경근당과 고위 관리들의 집무처였던 옥첩당을 둘러보았다. 한구석에는 하급 낭인들의 집무처였던 이승당이 표석으로 남아있다.

궁궐에서 그리 멀지 않은 곳이다. 하지만 물리적 거리를 뛰어넘어 궁 안팎의 처지는 천양지차였다. 그들은 애초에 가족이라는 이름의 동아리로 묶이기 어려웠다. 왕의 가족들은 한방에 앉아 한솥밥을 먹을 수 없었다. 왕실의 행사는 가족 행사가 아닌 국가 행사였고 경조사는 온 나라의 경사이자 조사였다. 피붙이이되 공적인 관계이니 자식들은 왕을 아버지라 부르지 못했고 왕 자신도 자기를 낳아준 이를 어머니라 부를 수 없었다. 아버지 대신 주상, 어머니 대신 대비로 부르고 불리는 관계에서 애정을 표시하는 방법은 토지나 노비를 내리거나 아끼던 물건을 선물로 주는 것뿐이었다. 그보다 좀 더 친밀한 방법이라야 직접 안부 편지를 써 보내는 정도였다.

사랑도 명예도 없이 가진 건 그저 이름뿐이니 대부분의 종친들은 공부할 의무도 의미도 없이 무위도식하기를 일삼았다. 졸작 『채홍』에 등장하는 종학(宗學)도 인근이었을 터인데, 후일 문종이 되는 세자와 세자빈은 부왕 세종의 명을 받잡아 종학에서 잠시 딴살림을 차리고 산다. 이른바 왕실의 기강을 확립한다는 명분이다.

세종은 8세 이상의 왕족들이 의무적으로 들어가 유학의 기본 소양을 배우는 종학을 세우고 자신의 아들인 수양대군과 안평대군, 임영대군을 본보기로 입학시켰다. 학문을 통해 만물의 이치를 이해하고 세상을 복되게 변화시키는 것이 사람의 도리라고 확신했던 호학의 군주답게 종친들이 펀둥펀둥 놀면서 방탕한 생활을 하는 꼴을 두고 볼 수 없었던 게다. 먹고 자고 술 마시기도 지겨우면 사냥을 하거나 산천 유람을 떠나거나, 고상하게 놀자면 서예나 거문고나 바둑에 심취하면 그만이었던 지상 신선들이 졸지에 종학이라는 창살 없는 감옥에 갇히니 미치고 팔딱 뛸 노릇이었을 것이다. 땡땡이에 쏠라닥질을 하다가 종부시에 딱 걸려 임금에게 보고된 왕자들이 즐비했다.

그러나 그들 탓만 할 수는 없다. 무릇 목표가 없는 삶은 쉽게 타락하기 마련이다.

여기에서 멀지 않은 곳에 자리한 청와대의 식구도 바뀌었다. 어느 정부에서나 대통령의 친인척 관리는 중요한 문제다. 시대와 정체(政體)를 뛰어넘어 권력에 대한 인간의 욕망은 엄연하니, 부디 전철을 밟지 않는 지혜가 깃들길 바랄 뿐이다.

• **종친부 경근당과 옥첩당** 3호선 안국역 1번 출구 700미터 지점 국립현대미술관 서울관.

그토록
차갑고 투명한
신의 선물

얼음은 권력과 부의 상징이었다.

조선의 반빙(頒氷)은

여름철에 고관들에게 얼음을 나누어 주던 제도로

임금이 신하에게 베푸는 최고의 선물이었다.

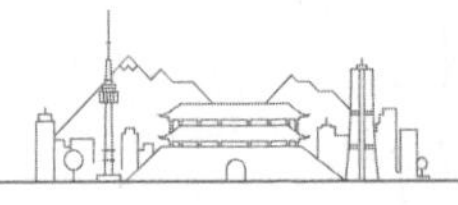

어렸을 때 학교에서 배웠다.

"사계절이 뚜렷한 우리나라, 그래서 살기 좋고 아름다운 대한민국!"

봄 여름 가을 그리고 겨울. 밴드 이름이기도 하고 영화 제목이기도 한 그것이 영원히 변치 않는 부동의 조건인 줄만 알았다.

지구가 더워지면서 한반도의 사계절도 시나브로 경계가 희미해져간다. 개나리와 벚꽃과 라일락이 동시에 피고, 춘추복을 꺼낼 짬도 없이 에어컨을 틀어야 하는 지경이다. 100년 전보다 평균 기온이 1.5도 상승한 한반도는 얼마 뒤면 아열대 기후에 속하리라 한다. 주택 마당에 감나무 대신 바나나와 용과나무를 키우게 될 날이 머지않았는지도 모른다.

올해도 여름이 너무 빨리 왔다. 일부 지방에는 5월에 폭염주의보가 내렸다. 일찍부터 이렇게 더우니 한여름에는 얼마나 더우려나? 22년 만에 닥쳐온 최악의 폭염이라던 작년 여름의 기억이 고스란하니 걱정스러울 수밖에 없다.

때마침 입대해 신병훈련소에 있던 아들 걱정에 지난여름 우리 집 에어컨은 전원 한번 켜지 못한 무용지물이었다. 끓는 땅에서 달리고 뒹굴 아들을 생각하니 차마 찬바람을 맞을 수 없었다. 나중에 들어보니 정작 아들은 일사병 예방 차원에서 한낮의 훈련도 쉬고 에어컨 바람도 쐬었다는데, 미련한 엄마만 고통을 함께한답시고 거미줄 같은 땀으로 멱을 감았다. 그러다 견디기 힘들면 유일한 방책이 찬물 한 컵에 얼음 몇 개를 띄워 마시는 것이었다. 오도독오도독, 입안에서 부서지는 차갑고 투명한 신비!

생활의 공간을 안방극장으로 만들어버린 텔레비전과 더불어 냉장고와 세탁기야말로 일상을 마법처럼 바꾼 가전제품들이다. 세탁기는 우물가를 벗어나지 못하는 '빨래의 노예'였던 여성들을 해방시켰고, 냉장고는 식품 보존법을 획기적으로 바꿨을뿐더러 특정 계급 계층의 소유물이었던 얼음을 보통 사람들에게 선사했다. 그중에서도 냉장고의 존재야말로 다른 무엇과 비길 수 없을 만큼 압도적이다.

요즘도 마찬가지다. 세탁기가 없으면 손빨래를 할 수 있고 텔레비전은 바보상자라고 부러 없애는 집들도 있다. 하지만 냉장고가 없는 집은 여간해서 찾아보기 어렵다. 당장 정전이 되면 가장 큰 문제가 컴퓨터도 엘리베이터도 아닌 냉장고다.

"아이고, 저것들이 다 녹아버릴 텐데!"

냉장고 앞에서 발을 동동 구른다. 마치 삶의 긴요한 전부를 그렇게 꽝꽝 얼려놓은 듯이.

누가 열 걸음 앞을 아는가?

독서당 터를 찾아왔던 옥수역에 다시 왔다. 이번엔 언덕 꼭대기까지 올라갈 필요 없이 지하철 출구를 나오자마자 보이는 아파트, 그것도 단지 입구에 표석이 있다. 사한단과 동빙고, 두 개가 사이좋게 나란히.

사한단에서 제사를 받아 잡수셨던 물과 비를 다스리는 신 현명씨는 누굴까? 중국 최고(最古)의 신화집으로 일컬어지는 『산해경』에 그는 북방 상제 전욱의 신하인 우강으로 등장한다. 『산해경』은 역사, 지리, 종교 등등을 망라한 기서(奇書)로

• 동빙고 터 표석과 사한단 터 표석. 동빙고 터: 조선시대 종묘(宗廟), 사직(社稷)의 제사 때 쓰던 얼음을 보관하던 창고 터로 연산군 10년(1504) 동빙고동으로 옮겨졌다. 사한단 터: 조선시대 빙고(氷庫)에 얼음을 저장할 때와 꺼낼 때 수우신(水雨神)인 현명(玄冥)씨에게 제사를 지냈던 터로 얼음이 잘 얼게 해달라고 동빙제(凍氷祭)와 기한제(祈寒祭)를 지냈는데 1908년에 폐지되었다.

동양 판타지의 바탕이라 할 만하다. 온갖 기기묘묘한 신과 괴물이 총출동한 가운데 북쪽 끝머리에 사는 우강 혹은 현명씨가 있다. 바람의 신일 때 그는 사람 얼굴에 새의 몸을 지녔고, 귀에 푸른 뱀 두 마리를 꽂고 발밑에 푸른 뱀 두 마리를 밟고 있다. 물의 신일 때의 그는 물고기 몸체에 손발이 달렸고 두 마리 용을 타고 다닌다.

그에게 제사를 바치며 기도할 정도로 얼음은 구해 보관하기 어려운 귀물이었다. 아이스커피를 만들거나 얼음찜질에 쓰는 용도 정도가 아니라 나라의 중요한 일에 꼭 필요했기 때문이다.

종묘사직에 제사를 지낼 때, 왕실의 여름 제사와 궁궐 음식을 만드는 데 얼음이 쓰이기에 국가적으로 관리할 수밖에 없었다. 신라의 석빙고, 조선의 동빙고와 서빙고에 보관한 얼음의 상태는 임금이 직접 확인할 정도였으니 금은보화보다 더한 보물이라 할 만하다.

냉장고가 대중화되기 전까지 얼음은 권력과 부의 상징이었다. 『예기』에 등장하는 벌빙지가(伐氷之家)는 장례나 제사 때 얼음을 쓸 자격이 있는 경대부 이상의 집안을 가리키고, 조선의 반빙(頒氷)은 여름철에 고관들에게 얼음을 나누어 주던 제도로 임금이 신하에게 베푸는 최고의 선물이었다.

하지만 부와 권력으로부터 머나먼 백성들에게 얼음은 그림의 떡을 넘어 고통의 원천이기도 했다. 빙고에 얼음을 보관하기 위해 백성들은 겨우내 얼음을 채취하는 부역에 동원되었던 것이다. 털옷이나 장갑은 언감생심이고 칼바람 속에 맨손으로 얼음을 자르고 운반해야 했으니 빙고청상(氷庫青孀), 즉 남편이 채빙 부역을 피해 도망가 뜻하지 않게 생과부가 된 부인을 가리키는 말까지 생겨날 지경이었다.

만인의 행복과 불행이 일치할 수 없고 그래서도 안 되겠지만, 누군가의 행복이 누군가의 불행이 되고 누군가의 즐거움이 누군가의 고통이 되는 일은 없기를 바라며 표석 앞을 떠났다.

마침 옥수역에서 동호대교로 이어지는 계단이 있어 걸어서 한강을 건너보기로 했다. 주로 지하철이나 차로 지나며 볼 때마다 느끼지만 한강은 참 멋진 강이다. 강을 끼고 형성된 세계의 수도들은 많지만 한강만큼 수려한 강은 많지 않다. 신산한 역사와 고달픈 삶을 품은 채로 유유히 흐르는 강은 그에 마음을 껴묻은 이들까지 멀고 너른 곳으로 데려다줄 듯하다.

강바람을 맞으며 오랜만의 감상에 젖어있는데, 다리 중간쯤에서 느닷없는 풍경과 맞닥뜨렸다. 사고가 났다! 동호대교 도로교 2차선에 시내버스가 정차해 있고 버스에 탔던 승객들이 모두 나와있다. 좀 더 가까이 다가가니 버스 아래로 오토바이가 미끄러져 들어간 모습이 보인다. 퀵서비스로 물건을 운반하는 중이었을까? 보이지 않는 오토바이 운전자의 안녕이 걱정스러운데 버스에서 내린 승객들은 저마다 스마트폰을 꺼내 사진을 찍느라 부산하다. 이제는 사람이 다쳤을지도 모르는 사고마저 피사체다. SNS에 올려서 '트친' '페친'과 공유할 게시물이다. 입맛이 쓰다.

사고 때문에 강남 방면 도로는 완전히 주차장이 되어버렸다. 앞에서 벌어진 일을 알지 못한 채 꼼짝없이 길에 갇힌 운전자들이 창문을 열고 내게 외친다.

"무슨 일인가요?"

"앞에서 사고가 났어요!"

앞으로 나아갈 때마다 끊임없이 같은 질문이 쏟아지고, 나는 같은 대답을 반복해 소리친다. 고작 열 걸음 앞에서 벌어진 일조차 알지 못해 미어캣처럼 목을 길게 뺀 사람들의 숲을 한참 지나서야 구급차와 대원들이 보였다. 그들은 내게 아무것도 묻지 않고 들것을 걸머진 채 빠르게 뛰어갔다. 홀로 무슨 비밀이라도 엿본 듯 이상한 기분이 들었다.

얼음의 역사?
욕망의 역사!

동빙고와 서빙고 사이의 거리는 강변을 따라 걸으

면 도보로 1시간 남짓이다. 같은 날 가지 못하고 서빙고 터는 다른 날 찾았다. 서빙고역 1번 출구로 나가 서빙고역 교차로 맞은편에 자리한 용산구 창업지원센터 주차장에 표석이 있다는데, 강변 옆구리 쪽을 기웃거리다 뜻밖에 창회정 터 표석과 마주쳤다. 창회정은 군사 훈련을 사열하던 정자라니, 조선의 서빙고 부근은 어쩌면 지금보다 번성한 요지였을지도 모른다.

등잔 밑이 어둡다더니 서빙고 터 표석은 아까 건넜던 횡단보도 바로 앞에 떡하니 버티고 서 있었다.

일전에 경주 월성을 찾아가는 길에 석빙고를 지났다. 현재 남아있는 경주의 석빙고는 조선시대에 만들어진 것이지만 실제로 신라시대부터 얼음을 채취하여 저장했다는 기록이 있다. 지하에 깊게 판 굴에 안쪽 벽을 화강암으로 쌓아올린 경주의 석빙고는 시간이 지나도 남아있지만, 동빙고와 서빙고는 목재로 만들어졌기에 지금 남아있지 않다. 반포대로와 강변북로와 지하 차로에서 빠져 나오고 들어가는 자동차들로 분주한 그곳에서 13만 4,974정(丁)의 얼음을 보관한 거대한 창고를 상상하는 일은 아무래도 쉽지 않다. 그때는 보석 같았던, 그러나 지금은 너무도 흔해빠진 얼음의 가치만큼이나 한강 변의 풍광이 변한 탓이다.

• 서빙고 터 표석(위)과 서빙고동 버스 정류장(아래). 서빙고 터:
조선시대 8채의 움막집 형태로 지어졌던 얼음창고 터로 이
얼음은 궁중과 백관들이 사용하였다.

1862년 최초의 공업용 냉장고가 개발되고 1922년 미국의 제너럴일렉트릭 사에서 최초의 가정용 냉장고를 개발하기 전까지 서양에서도 그리스 로마 시대부터 얼음 창고가 있었다고 한다. 그들은 고산지의 만년설을 채취해 보관했다는데, 이 대목에서 지질학 박사인 친구가 술자리에서 풀어놓던 '이바구'가 떠오른다.

세계에서 손꼽히는 부자인 어느 나라 왕자는 남극의 얼음을 대량으로 가져다가 식수로 쓴다고 한다. 남극 기지에서 분석용으로 가져간 얼음 일부를 고위 관료들의 회식 자리에서 칵테일용으로 쓴다는 이야기도 있단다. 흥미로운 건 그 남극의 얼음이 자기가 얼었던 시대의 공기를 품고 있다는 사실이다. 남극의 얼음은 눈이 쌓여서 이루어진 것인데 그 얼음으로 남극이 뒤덮이기 시작한 건 약 3천만 년 전이다. 그러니까 부자 왕자와 고위 관료들은 공장도 자동차도 발전소도 없었던 3천만 년 전의 오염되지 않은 공기를 마시고 으드득으드득 씹어 먹고 있는 것이다.

과학 기술은 알렉산더 대왕과 네로 황제와 신라와 조선의 왕들이나 누리던 얼음의 차가운 신비를 평범한 우리에게까지 선사했다. 하지만 여전히 한편으로 얼음의 '돈지랄'과 '유세'는 계속되고 있으니, 빙고를 나오면 끝내 눈물을 흘리며 사라지고마는 얼음의 짧은 욕망이 질기게도 잔인하다.

한여름 한낮에 마음까지 덥다. 어디라도 들어가 시원한 빙수 한 그릇 먹어야겠다. 하얗게 갈린 얼음과 달콤한 팥으로 고단한 잠시를 잊으려 한다. 3천만 년 전의 얼음을 먹으나 오늘 아침 얼린 얼음을 먹으나, 3천만 년 후의 오줌으로 빠져나오는 건 마찬가지일 터!

- **사한단과 동빙고 터** 3호선 옥수역 1번 출구 130미터 지점 옥수현대아파트 정문 앞.
- **서빙고 터** 경의중앙선 서빙고역 1번 출구 200미터 지점 용산구 창업지원센터 앞.

5장

한 발자국 바깥의 이야기

그 여자의 두 얼굴

아이러니하다.

명성왕후, 명성황후, 민비…….

여러 이름으로 불리는 그녀가

나라를 위해 한 가장 큰 일은 바로 죽음,

그 자체였다.

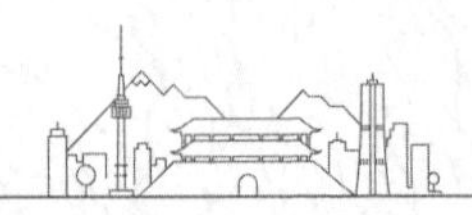

신학자 헨리 나우웬에 의하면 사랑의 본질은 'doing(행위)'이 아니라 'being(존재)'이다. 앞에서 설명한 바 있듯, 자식에 대한 부모의 사랑이 'doing'에 근거한다면 '말을 잘 듣고 따르는 자식이라서 기쁘다', '일류 대학에 들어갔기 때문에 기쁘다', '부나 명예를 얻게 되어 기쁘다'고 생각하는 것이다. 반면 'being'의 감각으로는 '태어나준 것만으로 감사하다', '존재하는 것만으로 기쁘다'고 생각한다.

행위를 통해 인정받아야만 사랑이라면 질병이나 장애의 상태에서는 사랑받을 수 없을 것이다. '그러하기에' 사랑한다면 세상의 돌팔매를 맞는 자식을 감싸거나 돌아온 탕자를 껴안을 수는 없을 것이다. '그럼에도 불구하고' 사랑이기에, 사랑은 행위와 별개로 존재한다. 현실을 뛰어넘은 신비와 기적이 그곳에 있다. 예수가 걸어간 길이야말로 'being' 자체, 어쩔 수 없는 사랑이었듯.

개인을 넘어 나라나 민족 공동체에 대해서도 마찬가지다. 세계 최초의 무언가를 발명해서, 세계 최대의 무언가를 지어서, 어디서부터 어디까지 광대한 영토를 다스려서 내가 속한 나라나 민족을 사랑하는가? '자랑스러운'이라는 수식어와 '위대한'이라는 말이 집단과 연관되면 개인의 욕망과 왜소 콤플렉스가 투사되기 십상이다. 식민지 백성으로 핍박을 당하며 자존감과 자신감을 훼손당한 경우에는 그 위험성이 서럽고도 자명하다.

위대하고 자랑스러운 조상의 역사를 되찾는답시고 고고학적 성과와 국제적 연구를 무시하는 사이비 역사학의 등장과 일련의 역사 왜곡은 그 연약한 틈새를 파고든다. 타인의 판타지를 자신의 판타지를 정당화하는 근거로 삼으며 의도적으로 오독한다. 합리적 문제 제기를 식민 사학으로 몰아붙이는 반지성과 비이성의 악다구니를 물리치기는 쉽지 않다. 니체는 『선악의 저편』에서 말했다.

> 광기는 개인에게는 드문 일이다. 그러나 집단, 당파, 민족, 시대에서는 일상적인 일이다.

사실보다 감정을 앞세워 미화시킨 인물 가운데 대표적인 이가 바로 오늘 찾을 무덤 터의 주인이다. 공식적인 시호는 명성황후이지만 이름부터가 논란거리다. 허명을 버리고 민비라고 불러야 한다는 이도 있고 그렇게 부르는 것 자체가 모욕이라며 열을 올리는 이도 있다.

평가가 극과 극으로 나뉘는 데는 두 가지 원인이 있다. 하나는 그녀의 시대와 삶 자체가 아이러니했기 때문이고, 다른 하나는 드라마와 뮤지컬 등의 주인공으로 등장한 캐릭터 때문이다. 명성황후이든 민비이든, 궁녀냐 아니냐로 논란 중인 사진이며 초상화의 모습과 별개로, 그녀의 이름을 들으면 "나는 조선의 국모다!"를 외치던 아름다운 여배우가 먼저 떠오른다. 그리고 "쓸쓸한 달빛 아래…… 나 슬퍼도 살아야" 한다는 비장한 배경 음악이 귓전에 맴돈다.

사실은 어이없이 간단하다. 명성황후냐 민비냐가 문제가 아니라 실재했던 역사 인물이냐 배우 이미연이냐가 문제인 것이다.

숲속에서는 숲이 보이지 않고

장마의 한가운데다. 전날 밤새 큰비가 내렸다. 날씨만큼 몸이 찌뿌둥하고 마음까지 가라앉아 며칠을 집 안에서 궁싯대다가 한 번에 일정을 몰아 잡았다. 홍릉수목원에 갔다 서울광장의 퀴어 퍼레이드를 구경하고 홍대 앞 동창들 모임에 갈 예정이다. 갈 길은 멀고 마음은 바쁘다.

이렇게 가까운 데 있는 줄 몰랐다. 6호선 고려대역 3번 출구를 빠져나와 10분쯤 걸으면 국립산림과학원 홍릉수목원이 나온다. 국내 최대의 광릉수목원이 경기도 포천에서 중앙수목원의 거대한 호흡을 자랑한다면 1922년부터 조성되어 약 44헥타르의 면적에 2천여 종의 수목이 전시된 홍릉수목원은 서울 시내에 숨은 작은 산소통이다.

내가 가장 좋아하는 길이 숲길이다. 요즘은 역세권만큼이나 '숲세권'의 집들이 인기를 끈다는데 당연한 일이다. 숲은 자원의 보물창고이자 거대한 산소 공장이며 아름다운 방음벽이자 댐이자 정수기다. 온갖 동식물의 보금자리일뿐더러 홍수와 바람과 산사태로부터 인간을 보호해준다. 맑고 푸른 공기를 들이마시며 숲길을 걷는 것만으로 몸과 마음이 치유된다.

홍릉수목원은 평일에는 정해진 시간에 예약을 받아 개방하고 주말에는 자유로이 개방된다고 한다. 토요일이라 관람객들이 많지 않을까 걱정했더니 장마철이라 사람이 없다. 꽃과 풀과 나무 사이를 누비노라니 가슴이 초록빛으로 물드는 듯했다. 실비는 그냥 맞는다. 길섶의 이슬에 종아리가 젖는다. 아, 이 모든 생명 속에 나는 살아있구나!

하지만 지금 찾아가는 곳은 무덤 자리다. 그나마 비극적인 최후의 흔적이다. 수목원 정문에서 본관까지 직진해 오른쪽 숲길로 돌아 들어가니 고종이 목을 축였다는 우물인 어정(御井)이 나오고, 제7수목원 관목원 팻말을 지나 올라가니 이내 홍릉 터 표석이 나타난다. 유래를 적은 표지판 뒤로 풀숲에 작고 낮은 비석 하나가 외따로 오뚝하다.

홍릉표의 유래에 적힌 문구들은 지극히 건조하다. 가치 판단이나 감정이 껴묻지 않은 단정한 문장이 믿음성스럽다. 역사는 신파가 아니다. 고종이 죽은 뒤 남양주에 홍릉이 다시 조성되어 이전하기 전까지 왕비 민씨는 이곳에 묻혀있었다. 고종 32년(1895) 8월 20일(양력 10월 8일) 을미사변으로 기록된 살인 사건의 피해자로서, 소각되어 온전한 형체마저 갖추지

•홍릉 터 표석.

못해 "재(灰)를 넣어 보충하고 비단으로 된 어복(御服) 수십 벌로 여러 번 감아 재궁(梓宮)에 넣"은 채로 말이다.

세계사에서도 유래를 찾아보기 어려운 끔찍한 사건이었다. 한 나라의 왕비가 난입한 외국 공사 일당에 칼을 맞아 죽었다. 아무리 무력한 왕실, 허황한 권력이었어도 500년을 이어온 주권 국가가 그토록 어이없이 능욕당한 것이다. 『매천야록』에서 전하는 사건의 현장은 이러하다.

> 궁중에는 횃불이 훤하게 밝아 개미도 다 볼 수 있었다. 이경직에게 민후가 있는 곳을 물었으나 이경직은 모른다고 말한 후 소매를 들어 그들의 시선을 차단하므로, 그들은 그의 왼팔과 오른팔을 잘라 죽였다. 이때 민후는 벽에 걸려있는 옷 뒤로 숨어있었으나 그들은 민후의 머리를 잡아 끌어내었다. 고무라의 딸은 민후를 보고 확인하였다. 민후는 연달아 목숨만 살려달라고 빌었으나 일병들은 민후를 칼로 내리쳐 그 시신을 검은 두루마기에 싸가지고 녹산 밑 수목 사이로 가서, 석유를 뿌리고 불을 질러 태운 후 그 타다 남은 유해 몇 조각을 주워 땅에 불을 지르고 매장하였다. 민후는 20년 동안 정치를 간섭하면서 나라를 망치게 하여 천고에 없는

• 홍유릉 전경. 홍릉은 조선 26대 왕 고종과 비 명성황후를 합장한 무덤이다.

변을 당한 것이다.

마지막 문장에서 알 수 있듯 『매천야록』을 집필한 황현은 명성왕후(책에서의 호칭)를 비롯한 망국(亡國)의 지배 세력에 대해 비판적이었다. 고종 1년(1864)부터 한일강제병합(1910)까지 46년의 역사를 편년체로 쓴 6권 7책의 『매천야록』은 변방의 지식인이 양심과 의기로 완성한 기록이다. 인터넷은커녕 신문 방송조차 없었던 시절에 정보 수집의 한계로 인한 오류가 있지만 당대의 어떤 사료보다 정확하다는 평가를 받는 『매천야록』은 숲속에서 보이지 않는 어떤 숲을 보여준다. 숲의 비밀은 아름다운 듯 위험하니, 역사가 꼭 그러하지 않은가?

탐욕과 어리석음의 끝

『매천야록』에 등장하는 명성왕후는 드라마와 뮤지컬 등으로 각색된 '명성황후'와 완전히 다른 인물이다. 갑술년(1874) 초, 대원군의 독재와 전횡에 불만을 품었던 고종의 친정이 시작되면서 안으로는 명성왕후가 주관하고 밖으로는 민승호가 명을 받들어 시행하는 정국이 펼쳐진다. 처음부터 나쁘지는 않았던 모양이다.

명성왕후는 총민하고 정략도 풍부하였는데, 언제나 고종의 곁을 떠나지 않고 고종이 미치지 못한 일을 도와주었다.

하지만 무서운 아버지를 쫓아낸 아들과 모자란 남편을 등에 업은 아내는 부창부수(夫唱婦隨)의 망나니짓을 벌이기 시작한다. 장거리의 갑남을녀라면 집안이나 말아먹었을 텐데 왕과 왕비이니 나라를 망친다.

원자가 탄생한 이후 궁중의 기양(祈禳)은 절도가 없어 그 행사가 팔도의 명산까지 미치고, 고종도 마음대로 유연(游宴)을 즐겨 상(賞)을 줄 경비가 모자랐다. 양전(兩殿)이 하루에 천금을 소모하여 내수사(內需司)에 있는 물량으로는 지탱할 수 없으므로 호조와 선혜청의 공금을 공공연히 가져다 썼으나 재정을 관장하는 사람이 감히 거절을 할 수 없어, 1년도 안 되어 대원군이 10년 동안 쌓아둔 저축미가 다 동났다. 이로부터 매관매과(賣官賣科)의 폐단이 발생하기 시작하였다.

유흥비 마련을 위해 수령 자리를 팔아먹는다. 흉년이 들어 백성들이 굶어 죽는 지경인데 왕은 밤마다 대궐을 대낮같이 밝히고 잔치를 벌이다 새벽에 자고 오후 서너 시에 일어난다. 독서열이 대단해 북경에서 책을 구해다 읽고 『사기』에 통달해 신하들의 글을 직접 보았다는 왕비는 그 좋은 기억력을 반대 세력을 숙청하고 충성하는 자들을 등용하는 데 쓴다. 한편 미신과 점복을 좋아해 중과 점쟁이를 끌고 명산의 사찰을 돌아다니며 세자를 위해 기도하고 대원군을 저주했는데, 금강산 1만 2천 봉우리마다 기도제를 지낸 돈만 1만 냥이었다.

결국 임오군란(고종 19, 1882)이 발발한다. 밀린 월급을 몹쓸 곡식으로 받은 군인들이 봉기하자 명성왕후는 여주로 도망친다. 이 와중에 '국모'라는 이름으로 행할 수 없는 두 가지 사건이 벌어진다.

중궁이 (경기도) 광주를 지나다가 길가에서 잠시 쉬고 있는데, 어느 노파가 와서 피난하는 부녀인 줄 알고 큰 소리로 말하기를 "음란한 중전 때문에 이런 난리가 일어나 낭자가 이곳까지 피난해 온 것입니다"라고 하였다. 중궁은 아무 말도 하지 않고 그 말을 기억하고 있다가 환궁 후에 그 마을을 없애버렸다.

그리고 비선실세의 국정농단 사태에 '샤먼' 어쩌구 하는 추정과 함께 떠올랐던 그 이름, 조선에서 가장 출세해 군(君)으로까지 봉해진 무당 진령군이 등장한다.

중전이 충주로 피신했을 때, 어느 무녀가 찾아와 환궁할 시기를 점쳐보았지만 때가 좋지 않았다. 그로부터 중전은 그를 신기하게 생각하여 환궁할 때 데리고 간다. 중전이 무슨 질병을 앓고 있을 때마다 무녀가 손으로 아픈 곳을 어루만지면 그 증세가 사라졌다. 이 일로 인해 중전과 무녀는 날로 친숙하게 되었고, 중전은 그의 말이라면 듣지 않는 것이 없었다.

고종의 후궁인 상궁 장씨를 성고문하고 시아버지 대원군에게 자객을 보내 저격할 정도로 '폭주'하던 명성왕후는 결국 왜인들에게 살해당하면서 탐욕과 어리석음의 삶을 멈춘다. 을미사변 이후 "국모가 왜구에게 피살된 것은 나라 전체의 치욕"이라며 전국에서 의병이 거병한다.

아이러니하다. 명성왕후, 명성황후, 민비……. 여러 이름으로 불리는 그녀가 나라를 위해 한 가장 큰 일은 바로 죽음, 그 자체였다.

• **홍릉 터** 6호선 고려대역 3번 출구 600미터 지점 홍릉수목원 내.

아픔이 아픔을
가엾게 여기나니

고통은 어느 누구와도 나눠 가질 수 없는

자기만의 것이다.

그럼에도 불구하고 그 아픔을 이해하고

나눌 수 있는 이가 있다면

그는 같은 고통을 겪어본 사람이다.

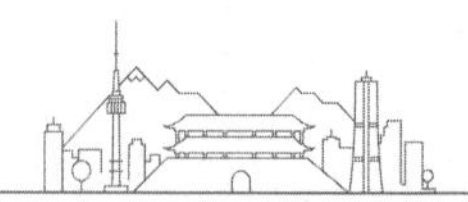

살아가면서 웬만하면 출입을 피하고픈 세 곳이 경찰서, 법원, 그리고 병원이다. 범죄에 연루되거나 송사에 휘말리거나 몸이 아파서 가게 되는 장소이니 당연히 그럴 테지만, 그것을 넘어 누군가의 탄식대로 돈 없고 '빽' 없으면 서럽기 딱 좋은 곳들이기 때문일지도 모른다.

얼마 전 유튜브 동영상으로 아주대학교 의과대학 외과학교실 외상외과 이국종 교수의 짧은 강연을 보았다. 삶보다 죽음이 더 가까운 현장에서 고군분투하는 외상외과 의사가 한국 사회의 시스템에 대해 내뱉는 통렬한 절규의 제목은 "세상은 만만하지 않습니다"였다. 보고나서도 한참을 쓰리고 먹먹했던 강연의 전부를 소개할 수는 없지만, 삶만큼이나 불평등한 죽음을 통해 사회와 인간의 병을 고치는 기관이 왜 힘없고 가난한 이들에게 더욱 서러운 곳일 수밖에 없는가를 새삼스레 깨달았다.

이국종 선생과 중증외상센터의 활동을 열흘간 동행 취재한 《한겨레21》 김기태 기자는 특집기사 「사고사 불평등에 관한 보고서」를 통해 한 가지 결론을 내린다.

"가난한 사람들이 더 쉽게 죽고 쉽게 다친다."

40세 미만의 사망 원인 1위, 40~50대의 사망 원인 2위는 암이 아닌 외상이다. 병들어서 죽는 것이 아니라 다쳐서 죽는 것이다. 이국종 교수가 자신의 손끝에서 죽거나 살아난 중증외상센터 환자들의 직업 리스트를 보여주는데 육체노동자가 절대 다수다. 이국종 교수를 모델로 삼은 의사가 등장하는 드라마의 제목대로 응급 환자 소생률을 향상시키기 위한 '골든타임'은 5분이다. 조금 확대해 사고 발생 후 수술과 같은 치료가 이루어져야 하는 최소한의 '골든아워'는 보통 1시간 이내다. 하지만 모순된 시스템과 열악한 구조 환경 속에서 세계 11위 경제대국이라는 한국의 응급 환자들은 앰뷸런스에서 죽은 채로 병원에 도착하고, 그들이 아무리 죽어도 바뀌는 것은 없다. 그야말로 돈도 빽도 없는 이들이기에 길바닥에서 죽어나가도 여론을 만들 수 없는 것이다.

'체력은 국력'이라는 오래된 구호가 떠오른다. 돈이 없어 치료를 받지 못하는 일이 없도록 미용 성형을 제외한 모든 의료비에 건강 보험을 적용한다는 정부 정책이 발표되었다. 기대와 우려를 동시에 받는 새 정책이 어떻게 시스템을 바꾸고 이국종 교수의 지적대로 말단에까지 닿을지는 미지수다. 단, 기억할 것은 국가를 튼튼하게 하기 위해 개개인이 체력을 키워야 하는 게 아니라 구성원들의 건강과 안녕을 살펴 돌볼 수 있어야, 그게 나라다. 다시는 주인과 손, 앞과 뒤, 처음과 끝이 뒤바뀌지 않기만을 바랄 뿐이다.

중생을 구제하고,
백성에게 은혜를 베풀다

조선시대 병원들을 찾아나서는 길에 마른하늘에서 빗방울이 떨어진다. 지난번 북촌에 갔다가 계동의 제생원 터에 들른지라 오늘은 혜민서와 서활인서 터를 찾을 예정이다. 제생원과 혜민서, 동서 활인서는 조선이 설치한 서민 의료기관이다. 고등학교 국사에서 단골 시험 문제(민생구휼기관인 구황청, 혜민국, 활인서, 제생원과 의료구제기관인 혜민서, 대비원, 제생원, 광제원을 구분해 기억하는 게 체크포인트!)였던 이 기관들은 가난한 백성들이 의지하는 최소한의 의료서비스였다.

태조 6년(1397)에 설치되었다가 세조 5년(1459) 혜민국에 통합된 제생원은 이름의 말뜻을 풀자면 '중생을 구제하는 곳'이다. 고려의 혜민국을 답습해 세조 12년(1466) 자리 잡은 혜민서의 뜻은 '백성에게 은혜를 베푸는 곳'이다. 고려의 동서 대비원을 계승해 조선 건국 원년(1392)부터 설치되었다가 세조 12년 활인서로 개칭해 영조 19년(1743) 혁파되기까지 빈자들의 의료기관 역할을 했던 동서 활인서는 '죽어가는 사람을 살리는 곳'이라는 뜻을 지니고 있다. 의료의 혜택을 받는 것이 하늘의 별 따기였던 전근대에 그야말로 돈 없고 '빽' 없는 병자들이 목숨을 부지하기 위해 찾는 마지막 보루였던 게다.

제생원은 일찍 사라졌지만 계동이라는 동네 이름으로 지금도 남아있다. 제생동 혹은 계생동이라는 이름이 기생을 연상시킨대서 계동으로 고쳤다나 어쨌다나. 제생원이 사라진 자리에 들어선 계동궁은 흥선대원군의 조카인 이재원의 자택이라는데 그 표석 또한 맞은편 보도에 자리하고 있다.

현대그룹 계동사옥을 등지고 오른쪽 화원 모서리에 있는 제생원 터 표석을 찾기는 어렵지 않았으나 을지로입구역 4번 출구 을지로 쪽 보도 녹지에 있다던 혜민서 터 표석은 아무리

•제생원 터 표석(왼쪽)과 계동 풍경(오른쪽). 제생원 터: 조선조의 서민 의료기관 터로 극빈자의 치료와 미아의 보호를 맡았으나 세조 때 혜민서에 병합되었다. 조선조 말엽 이 터에는 계동궁이 들어섰다.

둘러보아도 눈에 띄지 않는다. 부랴부랴 인터넷 검색을 해보니 을지로2가 어름에 있다는 설이 있다. 감각 혹은 본능 혹은 마구잡이 충동을 쫓아 을지로3가 방향을 향해 걷는다.

혜민서가 친숙하게 느껴지는 건 높은 시청률을 자랑했던 TV드라마 〈허준〉과 〈대장금〉의 배경이 되었기 때문이다. 내의원의 암투에 희생당한 허준이 환자들을 위해 헌신하는 진정한 의사로 거듭나는 곳이 바로 혜민서다. 물론 역사의 정설은 허준이 내의원에 근무했으며 말년에 『동의보감』을 남겼다는

•혜민서 터 표석(위)과 서활인서 터 표석(아래). 혜민서 터: 조선시대 서민 진료, 의약 관리, 의녀(醫女) 교습 등을 담당한 국립 의료기관이다. 서활인서 터: 전염병자를 격리 치료하던 의료기관이다.

것 정도다. 드라마 주인공들의 드라마틱한 인생 역정을 보여주기 위한 장소로 혜민서가 선택된 까닭은 자명하다. 그곳에야말로 우아한 왕족과 고관대족들이 아닌 "살려달라!"고 울부짖으며 매달리는 처절한 환자들이 있었기 때문.

찾았다! 을지로2가 사거리를 건너자마자 커피 냄새가 구수한 스타벅스 앞 화단에서 잡풀 사이로 표석이 삐죽이 얼굴을 내밀고 있다. 이 동네도 한바탕 지하보도와 빌딩 공사로 몸살을 앓았는지 지명이 다 바뀌었다. 새로 생긴 스타몰 지하도 입구를 통해 다시 2호선을 타고 아현역으로 갔다. 대학을 졸업한 직후 잠시 살았던 아현동은 재개발이 이루어져 을지로보다 몇 배는 더한 상전벽해(桑田碧海)다. 그래도 아현중학교는 고스란하고 그 앞의 돌로 된 표석도 변함없다.

어디든 표석을 찾아볼 때마다 아쉬움은 어쩔 수 없다. 귀한 역사 자료이자 도시 디자인의 재료를 마구 방치한 느낌이다. 하긴 고급 아파트 동네에 전염병자 관련 시설이라면 지금으로는 상상할 수도 없는 혐오시설일 테지만 말이다.

광희문 밖의 동활인서, 서소문 밖의 이곳 서활인서는 기실 '치료'를 하던 '의료기관'이 아니다. 일반 병자와 달리 역병 환자는 치료가 아닌 격리의 대상이었다. 역병은 역신(疫神)이 붙어 앓는 것으로 판단했기에 약보다는 귀신을 겁주어 쫓아내는 축귀(逐鬼)나 살살 달래 풀어주는 굿 등의 방법을 동원했다. 나라에서는 역병이 돌면 환자나 주검을 적발해 성 밖으로 내보냈고 그때 활인서의 역할은 굶어 죽지 않게 최소한의 조치를 하는 것뿐이었다. 조선시대 10만 명 이상 사망자가 발생한 역병이 무려 6차례, 전쟁보다 역병과 기근의 사망자가 더 많았다. 4호선 한성대입구역 근처에 있었다는 동활인서는 그에 더하여 걸인을 구제하는 역할을 했다.

가난하고 병든, 그리하여 이생의 밑바닥에서 가장 외로웠던 이들이 이곳에 잠시 머물렀다 떠나갔다. 도시는 흔적을 지우고 시간은 망각을 가져오지만 을지로입구역 지하통로에는 여전히 그 시절에 머무르는 듯한 얼굴들이 있다. 더러운 옷을 입고 악취를 풍기며 깨진 안경알 사이로 신문을 보던 노숙인이 떠오른다. 그가 읽고 있던 기사는 다름 아닌 '오늘의 운세'였다. 왠지 비밀이라도 훔쳐본 듯해 얼른 못 본 척 고개를 돌렸다. 하루 종일 비와 햇볕이 오락가락하는 날이었다.

아프기에 알고,
알기에 아프다

나는 병원에 잘 가지 않는다. 지역가입자로 꼬박꼬박 내는 만만찮은 건강보험료가 좀 아깝기는 하지만 치과를 제외하면 일 년에 한두 번을 갈까 말까 한다. 아파서 보험 혜택을 받는 것보다는 건강한 게 나으려니와 그 낯선 공간에 발을 들여놓기는 매번 귀찮거나 두렵다.

어쩌다 병원에 가면 세상에 아픈 사람들이 이렇게 많았나 새삼 놀란다. 인간의 일생이 결국 생로병사(生老病死)라는 네 글자로 요약됨을 깜박 잊은 채 영원히 살고 영원히 젊고 영원히 건강하게 죽지 않을 것처럼 지내는 게다.

병(病)이라는 한자는 뜻을 나타내는 병질 엄(疒)에 음을 나타내는 병(丙)이 더해 만들어졌다. 엄(疒)은 병상에 드러누운 모양이고, 병(丙)에는 분명해지다는 뜻이 포함되어 있다. '생물체의 전신이나 일부분에 생기는 정상적인 활동이 파괴된 상태'라는 질병의 본뜻이, 근심, 결점, 좋지 않은 버릇, 손해, 앓다, 지치다, 시들다, 마르다, 꺼리다, 헐뜯다, 원망하다, 손해를 입히다, 굶주리다 등등으로 확대된다. 들여다보면 들여다보는 일만으로도 괴로운 온갖 부정적인 의미들이 총출동되어 있는데 아무래도 중요한 하나가 빠진 것 같다. 그것은 바로, 외로움이다.

아픈 사람은 외롭다. 병자는 아픔으로 고독해진다. 고통은 어느 누구와도 나눠 가질 수 없는 자기만의 것이다. 사랑도 동정이나 연민도 고립된 고통을 온전히 이해할 수 없다. 그럼에도 불구하고 그 아픔을 이해하고 나눌 수 있는 이가 있다면 그는 같은 고통을 겪어본 사람이다. 같은 병을 앓는 사람끼리 서로 가엾게 여긴다는 동병상련(同病相憐)이야말로 슬프고도 아름다운 진실의 말이다. 크든 작든, 중하든 경하든, 나 자신이 겪었든 가족이나 친구가 겪었든 아프지 않고 일평생을 살 수는 없기에 아픔으로써 아픔을 이해해야 마땅하리라.

치병제중(治病濟衆), 병을 다스려 세상을 구한다는 원리는 사회적 신분이 높지 않았던 전근대의 동양권 의원들의 자부심과 긍지였다. 하지만 "외상센터 의사는 1년에 네 번 집에 가"야 할 정도로 중노동을 강제당하기에 "(외상센터가) 이렇게는 오래 못 갈 거"라며 고개를 저었다는 이국종 교수의 또 다른 인터뷰를 읽으며 세상을 그렇게 희생하는 소수에 떠맡겨서는 안 된다는 생각을 한다. 시스템의 보강이 절실한 것은 물론이

려니와 우연이든 운명이든 타인의 삶을 지키고자 분투하는 의료진에게 존경과 감사를 보낸다. 어쩌면 그때도, 아마도 분명히 그때도, 버림받은 채 성 밖으로 쫓겨난 '귀신' 붙은 병자들의 곁에 그들 같은 의료진이 함께했을 것이다.

'문학은 내가 목매달고 죽어도 좋을 나무'라고 믿었던 열일곱 살 이래로 나는 단 한 번도 작가가 아닌 다른 꿈을 가져본 적이 없다. 그런데 지천명이 목전인 이때 단 한 번 다른 직업을 꿈꿔보지 못한 것을 후회했다. 그렇게 알뜰히 세상에 쓰여보고 싶다. 어떤 예술, 어떤 가치가 삶 그 자체보다 중요할 것인가?

- **제생원 터** 3호선 안국역 3번 출구 현대 계동사옥 화단.
- **혜민서 터** 2호선 을지로3가역 1번 출구 120미터 지점 스타벅스 앞 화단.
- **서활인서 터** 2호선 아현역 3번 출구 380미터 지점 아현중학교 정문 앞.

맑고
질펀히 흐르다

어차피 한생은 한바탕의 봄꿈 같거늘,

그 덧없음에는 필부필부와

왕후장상이 다르지 않다.

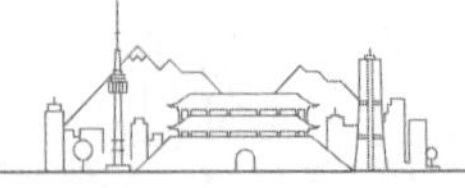

왕자 이용이 출생하니, 의정부와 육조가 하례하였다.

세종 즉위년(1418) 9월 19일 『세종실록』의 기사로 그는 역사에 처음 등장한다. 위로 문종과 세조가 되는 두 형과 정소공주, 정의공주 두 누나를 둔 다섯 번째 아이, 세종과 소헌왕후 사이에 난 세 번째 아들이었다. 군호는 안평(安平), 편안하고 태평하다는 뜻이다. 부왕인 세종은 자식이 혹시 안이해질까 봐 게을리하지 않는다는 뜻의 비해(匪懈)라는 호를 내렸다. 그 아들이 진양(晉陽)이라는 군호를 수양(首陽)으로 고친 연년생 친형의 손에 죽으리라는 것은 아무리 성군이라도 까마득히 모르는 채.

단종 1년(1453) 9월 25일 『단종실록』에 그는 반역자로 둔갑해있다. 수양의 심복인 권남의 종이 가죽 제품을 만드는 일을 동업하던 황보인의 종에게서 자기 주인이 김종서 등과 함께 임금을 폐하고 안평대군을 세우려는 모의를 했다는 이야기를 들었다는 것이다. 어설픈 관련자의 수상한 제보였다. 권남이 수양대군에게 대책을 세우기를 요청하자 수양이 한명회 등과 의논하고 "의(義)를 분발해 백성을 구제할 뜻이 있음을 진술"했다. 10월 10일 계유정난이 일어나기 보름 전이었다.

단종 1년 10월 18일, 그는 죽는다. 머지않아 조카까지 죽이고 왕위에 오르고야 말 수양대군이 특유의 정치 기술로 겸양의 위선을 부리다가 마지못한 듯 "억지로라도 청하는 것을 따르겠다"며 강화도로 유배되었던 안평대군을 사사(賜死)한다. 만으로 35세, 한 세기 앞서 유럽에서 살았던 시인 단테가 '인생의 반 고비'라고 불렀던 바로 그때 그는 불귀객이 되었다.

형제와 조카를 죽이고 왕이 된 세조는 제 발이 저린 듯 낯간지러운 자화자찬을 늘어놓는다. 『세조실록』 1권에 그가 다시 끌려나온다. 부왕 세종이 세조와 안평·임영 대군 세 아들에게 음악을 배우도록 한다. "용(안평대군)은 그 성품이 화려한 것을 좋아하였고, 구(임영대군)는 본래 음률에 밝았기 때문에 모두 즐겨 배웠다. 그러나 세조는 바야흐로 궁마(弓馬)에 뜻을 두고 날로 무인의 무리와 더불어 힘을 겨루"느라 바빴다.

하지만 얼마 지나 부왕이 향금을 타라고 명했을 때 "세조는 배우지 않았으나 안평대군 용이 능히 따라가지 못하니 세종과 문종이 크게 웃었다"는 것이다.

사실 세조와 안평대군은 닮은 데가 많다. 음악에 일가견이 있을뿐더러 만형 문종과 달리 성격이 호방해 주변에 사람을 모았다. 안평대군이 3세에 요절한 작은아버지 성녕대군(태종의 막내아들)의 양자로 들어가 형식적으로 분리되었지만 고만고만한 연년생 형제로서 성장 과정에서 겪은 경쟁과 질투는 어쩔 수 없었을 것이다. 그것이 유혈극이 되기까지는 권력이라는 괴물의 욕망이 껴묻어들었지만.

안평대군은 시문서화(詩文書畫)에 능통했던 걸로 유명하다. 특히 서예에 특출해 중국 사신들이 황제가 안평대군의 글씨를 구하니 얻어가고 싶다고 요청했다는 기록이 있고, 예술 애호가이자 수집가로서 중국의 명적(名蹟)을 주로 한 200점이 넘는 서화를 수장했다고 전해진다. 그러나 지금 안평대군의 작품으로 남아있는 것은 자신이 꾼 꿈의 풍경을 안견에게 시켜 그린 〈몽유도원도〉에 붙인 발문뿐이다. 어차피 한생은 한바탕의 봄꿈 같거늘, 그 덧없음에는 필부필부와 왕후장상이 다르지 않다.

헤매지 않으면
보지 못할 것들이 있다

여느 때처럼 또 헤맸다. 서울 지하철 마포역에서 내려 강가의 벽산빌라를 찾아가는데 지도 앱에서 가르쳐주는 길을 따라가노라니 길인 듯 길이 아닌 비탈이 나온다. 잘못 찾은 건 아닌데 지도 앱이 최단거리를 찾다보니 알고는 가지 않을 길까지 알려준다. 긴가민가하며 난데없는 폐가를 지나 언덕바지에 이르니 아, 비로소 한강이 눈앞에 펼쳐진다.

고층 빌딩에 조각난 풍경이지만 높은 데서 바라보는 한강은 참 아름답다. 물 좋고 정자 좋은 데가 없다는 속담이 있지만 물이 저리 좋으니 좋은 정자를 놓고 싶었을 것이다. 안평대군의 정자인 담담정 터 표석은 분명 거실 조망이 근사할 고급 빌라의 입구에 오도카니 놓여 있다.

남의 집 거실에는 들어가볼 수 없으니 빌라 옆 레스토랑에서라도 경관을 엿볼까 싶어 갔더니 아직 문을 열지 않았다. 대신 주차장에 들어가 아래로 내려다보니 야외 테이블과 강변 풍경이 펼쳐진다. 여기다 책을 쌓아두고 시를 짓고 술도 한잔씩 하면 풍류가 진진했을 것이다. 세조는 그런 동생이 눈꼴

•담담정 터 표석: 담담정은 조선 초에 안평대군이 지은 정자였으나 세조 때 신숙주의 별장이 되었다. 안평대군은 이 정자에 만여 권의 책을 쌓아 두고, 시회(詩會)를 베풀었다.

사나웠나보다. 세조 때 편찬한 『단종실록』에 담담정을 지은 선공감 부정(繕工監 副正) 이명민이 등장하는데, 창덕궁을 중수하는 일은 게을리하면서 권력자들의 집짓기에 바쁘다고 한 명회가 빈정거린다.

네가 안평대군을 위하여 무계정사를 세웠고, 또 담담정을 용산강(龍山江) 가에 지었으며, 또 김 정승을 위하여 별실을 짓는 데에 재목과 기와를 운반해주고, 집을 얽고 담을 바르는 일을 일찍이 어렵지 않게 하였는데, 같은 왕자인데 홀로 수양대군에게는 어찌하여 한 장인을 아까워하는가?

이에 대해 이명민이 답한다.

네가 어찌 알겠느냐? 안평대군은 일국에서 우러러보는 바인데, 어찌 그렇게 하지 않을 수 있겠는가? 수양대군 같은 이는 비록 명하는 바를 따르지 않을지라도 내게 어찌하겠는가?

결국 안평대군이 사사당한 뒤 담담정은 신숙주의 것이 되고 세조는 그곳에서 이국의 배와 포탄의 불꽃놀이를 구경한다. 잔인한 오락이다.

이명민이 안평대군을 위해 지은 또 다른 집, 부암동의 무계정사지는 며칠 후에 찾았다. 이때도 길을 헤맸다. 자하문 터널 입구·석파정 정류장에서 하차해야 하는데 자하문 터널이 보이는 순간 마음이 급해서 경기상고 정류장에 미리 내리고 말았다. 내가 미련하고 성급한 건 사실이지만 터널 입구가 터널을 지난 다음에 있다니 헤매면서도 좀 억울하다. 이번에도 지

•안평대군 이용 집터(무계정사지). 현재 사유지로 폐쇄되어 있다.

도 앱이 가리키는 대로 골목길 언덕길을 낑낑대며 올라가는데 헤매며 본 풍광이 또한 근사하다. 창의문로에 올라서니 서울이 발밑에 펼쳐지고 뒤이어 윤동주문학관과 시인의 언덕이 등장한다. 홀린 듯 문학관 벽면의 「새로운 길」을 읽고, 언덕에 올라 바람과 함께 「서시」를 읽었다. 그리고 다시 내려와 마침내 부암동에 들어서니 산중에 숨은 동네가 이토록 아름다울 줄 몰랐다.

> 정묘년(1447) 4월 20일 밤 잠자리에 들었더니, 바야흐로 정신이 아른거려 나는 곧 깊은 잠에 들며 꿈속으로 빨려 들어갔다. 홀연히 나는 인수(박팽년)와 더불어 어느 산에 당도했다. 산봉우리는 층층이 나있고 깊은 계곡은 그윽했다. 복숭아꽃나무 수십 그루가 늘어선 사이로 오솔길이 있었고, 숲이 끝나는 데 이르러 갈림길이 있었다. 우리는 어느 길을 따를까 서성대고 있었는데, 그때 소박한 산관을 쓰고 거친 야복을 입은 한 사람을 만났다. 그 사람이 나에게 깊숙이 머리 숙여 절하면서 말하기를, "이 길을 따라 북쪽으로 올라가면 골짜기에 드는데, 그곳이 도원이외다"라는 것이었다. 그래서 나는 인수와 함께 말을 급히 채찍질하여 그 길로 찾아드니, 깎아지른

산벼랑에 나무숲은 울창하고 계곡의 물은 굽이져 흐르는데, 길은 100굽이나 돌고 돌아 어느 쪽으로 가야 할지 정신을 잃을 정도였다. 골짜기에 들어가니 탁 트인 동굴과 같은 넓은 곳이 나왔는데 2~3리는 될 듯했다. 사방에는 산이 바람벽같이 치솟고 구름과 안개가 자욱한데, 멀리 또 가까이 복숭아나무에 햇빛이 비쳐 어른어른 노을과 같은 아지랑이가 피어오르고 있었다. 거기에는 또 대나무 숲에 초가집들도 있었는데, 싸리문은 반쯤 열려 있고 흙담은 이미 무너져 있었다. 닭과 개와 소와 말은 없지만, 앞 시내에는 조각배 하나가 물결을 따라 이리저리 흔들리고 있어 그 정경이 소슬한 것이 신선이 사는 곳인 듯했다. 우리는 주저하면서도 오래도록 둘러보았다. 나는 인수에게 "바위틈에 서까래를 얹고, 골짜기를 파서 집을 지었다더니, 바로 이를 두고 한 말이 아니겠는가? 이곳이 정녕 도원이로다"라고 말했다.

안평대군은 자기가 꾼 꿈을 화가 안견에게 그리게 하여 〈몽유도원도〉를 완성한 후, 꿈속의 도원을 인왕산 골짜기에서 발견하고 '무(릉도원)계(곡)'의 집을 지었다고 한다. 부암동 골목을 꼬불꼬불 헤쳐 가니 어지러운 공사 현장이 연이어 나타

•안평대군 이용 집터 인근의 청계동천 표석. 청계동천은 안평대군이 시를 즐겨 지었던 물가이다.

난다. 여기서 좀 헷갈린다. 지도상 안평대군 이용 집터로 표기된 주소에는 가림막이 세워져 있고, 골목 끝에 현진건 집터 표석이 놓여 있고, 골목을 빠져나가면 종로구가 지은 무계원이 있다.

어디서부터 어디까지인지 명확히 구분 짓긴 어렵지만 한국 문학사에 빼어난 단편들을 남긴 현진건의 집은 무계정사 앞 공터에 있었다 하고, 무계원은 종로구에서 옛 오진암의 자재를 가져다 조성한 전통 문화공간이다. 그렇다면 안평대군의 무계정사는 가림막 안쪽에 안평대군의 글씨로 짐작되는 무계동이라 써진 바위와 함께 있을 터인데, 가림막을 돌아 허물어진 담장 너머로야 겨우 폐허를 들여다볼 수 있다. 알고보니 사유지인 그곳은 2015년 경매에 붙여져 34억 원에 낙찰되었다고 한다. 누가 무엇에 쓰려는지 알 수 없지만 각석(刻石)조차 볼 수 없으니 반나절 꼬박 헤맨 끝이 얼마간 허망하다. 무릉도원이 대관절 누구의 것이었던가?

꿈속에서 꿈 이야기를 하다

세종대왕의 아들딸은 너무 잘났다. 나랏일은 그들 집안의 가업이기도 했다. 국방·과학·음악 등 전 분야에 걸쳐 역할을 분담해 참여했으며 한글 창제에 집현전 학사들보다 큰 역할을 한 인물이 왕자와 공주였을 것으로 추정되는 지경이다. 종친부와 종부시 터를 찾았을 때 썼던 대로 유능한 종친은 왕권을 위태롭게 하기에 무위도식(無爲徒食)을 권장하는 것이 원칙인데 세종은 그것을 따르지 않은 것이다.

이 또한 아이러니하다. 냉혹한 권력 투쟁의 승리자 태종은 어쨌거나 왕세자 양녕을 폐위하기 전까지 셋째 충녕대군에게 "너는 할 일이 없으니 평안하게 즐기기나 해라!"고 명한다. 그런데 세종은 시시때때로 자식들을 독려하며 공부를 시키고 과업을 할당한다. 그렇게 권력 투쟁의 씨앗을 키운다. 끝내는 할아버지가 그러했듯 형제들의 골육상쟁(骨肉相爭)으로 죽고 죽이는 참극이 벌어진다. 세상 모두를 골똘히 고민하고 치밀하게 연구한 세종대왕이 왜 여기서만은 이토록 '나이브(naive)' 했을까?

역설적이지만 어쩌면 순진성도 오만에서 비롯되는 것일지 모른다. 자신이 팔난봉인 형 양녕대군을 끌어안았듯 자식들도 호학(好學)과 애민(愛民)과 형제애로 순수하게 나랏일에 동참하는 것이라고 확신했는지 모른다. 믿음이야말로 강력할수록 교만해지고 교만할수록 단순해진다. 아버지와 삼촌들이 어떻게 혈투를 벌였는지 모를 리 없었을 텐데도 말이다.

거의 10년 전에 일본 덴리대학에 소장된 〈몽유도원도〉를 빌려와 국립중앙박물관에서 전시하는 것을 본 적이 있다. 함께 갔던 아들의 말대로 '감상'하지 못하고 구름떼 같은 관람객들에게 떠밀려서 그냥 잠깐 '보았다.' 3시간을 기다려 3분 동안

일별하고 돌아서니 내가 본 것이 꿈인지 꿈속의 도원경인지 아슴아슴하였다. 안평대군이 꿈인 양 잠시 이생에 다녀간 것처럼.

- **담담정 터** 5호선 마포역 4번 출구 620미터 지점 벽산빌라 입구 우측.
- **안평대군 이용 집터** 서울시 종로구 창의문로7길 28-4.

내 자취에는 풀도 나지 않으리라

무엇이 옳고 그른가?

어떤 삶이 좋은 삶이고 무엇이 진정한 행복인가?

답을 찾아 헤매는 동안 답이 없다는 사실을 확인하는,

어쩌면 그것이 삶일 테다.

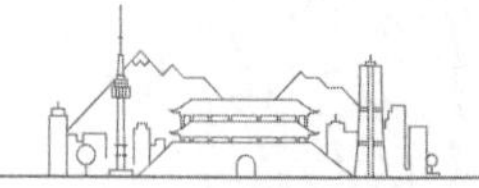

문학과 역사와 철학, 이른바 '문사철'로 통칭되는 인문학의 분과는 인간 조건을 탐구하고 인간 문제를 다룬다. 인간의 생애는 3무(無)라 했다. 공짜, 비밀, 정답이 없다고. 그중에서도 세 번째, 정답이 없다는 것이 인문학의 본질과 통한다. 무엇이 옳고 무엇이 그른가? 어떤 삶이 좋은 삶이고 무엇이 진정한 행복인가? 진실은 있는가? 있다면 그것은 영원히 변하지 않을 것인가? 답을 찾아 헤매는 동안 답이 없다는 사실을 확인하는, 어쩌면 그것이 삶일 테다. "모든 이론은 회색이고 영원한 건 오직 푸르른 생명의 나무뿐"이라는 『파우스트』의 글귀가 통렬하다.

시간의 심연으로 사라진 인물을 평가하는 일 또한 그러하다. 고작해야 연루된 사건이나 후대에 영향을 미치는 업적과 요행히 남긴 글줄을 통해 됨됨이를 짐작한다. 그러다보니 평가자의 취향과 시대 상황에 따라 영웅이 되거나 악한으로 치부

되기 십상이다. 실제로 겪어서야 느껴지는 인간성은 파악되기 어렵고 진실은 술래잡기처럼 끊임없이 도망치고 숨는다. 인간에 대한 진실은 미화된 공적의 장애물을 헤치고 행간의 틈새를 톺을 때에야 비로소 좇는 자의 손끝에 닿을락 말락 할는지도 모른다.

지상에서 가장 화려한 환락과 욕망의 도시라 할 만한 미국 라스베이거스에서 끔찍한 사건이 터졌다. 일면식 없는 무고한 이들의 머리 위로 총알 비를 퍼부은 범인은 전과가 요란한 요주의 인물이 아니라 중산층의 평범한 은퇴자였다. 경찰이 32층의 호텔방을 급습하기 직전 자살로 생을 마감해 그의 범행 동기는 영원한 미제가 되어버렸고 남은 것은 무수한 추측뿐이다.

기묘한 우연이다. 라스베이거스의 비보가 들려올 때 마침 『나는 가해자의 엄마입니다』를 읽고 있었다. 책은 지금까지도 총기 난사 사건이 발발할 때마다 거론되는, 1999년 4월 미국 콜럼바인고등학교에서 학생과 교사 13명을 죽이고 24명에게 부상을 입힌 후 스스로 목숨을 끊은 두 명의 범인 중 하나인 딜런 클리볼드의 엄마인 수 클리볼드가 쓴 고통의 보고서다.

인간은 인간의 선의 혹은 악의를 얼마나 이해할 수 있을까?

사건이 발생하자 희생자 가족들을 포함한 세상 사람들은 원인이 무엇인지, 누구를 원망하면 좋을지 찾아 내놓으라고 줄기차게 요구했다. 마이클 무어 감독은 다큐멘터리 영화 〈볼링 포 콜럼바인〉을 통해 전문가들이 지목한 헤비메탈, 폭력 영화, 비디오 게임, 마약, 마릴린 맨슨 등등이 아닌(영화의 제목은 그런 것들이 원인이 될 수 있다면 범인인 소년들이 그날 아침 쳤다는 볼링도 원인이 될 수 있다는 블랙유머), 타인에 대한 공포와 적대를 생산하는 미국의 국내외 정책이 근본 원인이라고 지적한다.

그런데 엄마는 다르다. 다르게 묻고 다르게 대답한다. 그 어느 누구와도 다를 수밖에 없다. 자기 자식이 다른 이들의 자식을 죽였을뿐더러 스스로까지 죽였기 때문이다. 16년 동안 잘못된 양육으로 '악마'를 길러냈다는 의심과 질시의 눈초리에 시달리며 누구보다 절박하게 '왜?'에 매달렸던 가해자의 엄마가 고백하는 마지막 진실은 이러하다.

부모가 그 무엇보다도 받아들이기 힘든 진실, 세상에서 나만큼 더 잘 아는 부모가 없을 진실이 있다. 바로 사랑만으로는 충분하지 않다는 거다. 나는 딜런을 무한히 사랑했지만 그래도 딜런을 지키지 못했고 콜럼바인고등학교에서 살해된 열세 명도, 그 밖에 상처 입고 고통 받은 사람들도 구하지 못했다.

영조, 사도세자, 정조, 그들 밖의 한 사람

조선의 21대 왕 영조와 그의 아들 사도세자의 비극은 수차례 다양한 장르로 변주된 바 있는 너무도 잘 알려진 이야기다.

'영조는 왜 친아들을, 한때 기대와 열망을 걸었던 외아들을 자기 손으로 죽였을까?'

질문은 하나지만 답은 여럿이다. 영조 40년(1764) 9월, 사도세자가 죽은 지 두 해가 지나 영조가 후일 정조가 될 세손에게 말한 바대로라면 그것은 '종사의 대의(大義)' 때문이었다. 영조의 하교(下校)에는 '대의'라는 말이 여섯 차례나 반복된다. 사도세자의 폐륜에 조선이라는 나라가 '존재하느냐 망하느냐가 순식간에 달려있었'기에 '아버지가 만고에도 없는 의리를

행'했다는 것이다.

사도세자에 대한 영조의 말에는 무수한 행간이 생략되어 있다. 그래서 후세가 찾아낸 답은 시대와 해석자의 입장에 따라 천차만별이다. 출신 성분과 재위 시의 곡절에 의한 영조의 트라우마를 원인으로 지목해 '조선판 오이디푸스'라 부르는가 하면, 부자지간에도 나눠 가질 수 없는 권력의 속성을 상기하며 조선의 왕 중에 최고로 장수한 영조의 노욕과 게염 때문이라는 해석도 있고, '사이코패스'에 가까운 행적으로 드러나는 사도세자의 광증이 살부(殺父)의 역모에까지 이르렀다는 설부터 혜경궁 홍씨의 집안이기도 했던 노론 벽파가 당파적 이해로 사도세자와 영조 사이를 이간했다는 주장까지 있다.

정답은 없다. 어느 하나가 맞고 나머지가 틀릴 수 있고, 모두가 맞거나 틀렸을 수도 있다. 그런데 내 눈길을 사로잡는 것은 호사가들의 왈가왈부가 아니라 참극의 한가운데에서 가장 큰 고통을 겪었으면서도 역사에서 소외된 한 여인이다. 영조가 '너의 조모가 없었더라면 어찌 오늘날이 있겠'느냐며 '너의 조모가 백세에 의리를 세웠으니 일거에 종사가 다시 존재하고 의리가 크게 밝혀졌다'고 칭송해 의열(義烈)을 시호로 추증했던 그녀, 아들을 죽이라고 남편에게 청하는 '만고에도 없는 지경을 당'한 사도세자의 생모 영빈 이씨다.

참 이상한 일이다. 학창 시절 수없이 지나다니던 길인데 그곳에 그것이 있다는 걸 전혀 인식하지 못했다. 루스채플(대학교회)과 백주년기념관 사이에 자리한 연세 역사의 뜰 앞에서 도깨비에게라도 홀린 듯 어리둥절하다. 2년 가까이 역사의 흔적을 따라 좇아왔지만 일상에 속아 우둔한 내게 여전히 시간의 갈피는 어지럽고 길은 멀다.

영빈 이씨는 사도세자의 삼년상을 마친 지 얼마 지나지 않아 숙제를 끝낸 듯 아들을 따라간다. 그리고 지금의 연세대학교 교내에 묻혀 있다가 1970년 서오릉으로 이장되었다. 봉분 자리엔 교회가 지어졌으며 부속 건물인 정자각은 기록보존소가 되었고 비각은 한 구석에 남아있다. '역사의 뜰'이라는 이름은 거창하지만 들어가니 마당이 있는 작은 기와집 정도다. 광혜원이 있었을 때는 봉분도 있었을 텐데, 무덤 앞의 병원을 상상하니 기묘한 그림이 떠오른다.

조금씩 빗방울이 떨어지기 시작했다. 정자각 안에 들어가 당시의 풍광을 그린 〈의열묘도〉와 영조가 직접 쓴 '의열묘' 현판, 이장 후 출토된 부장품들을 구경했다. 잘 정돈해 전시된

• 수경원 옛터 표석: 이 지역 일대는 옛날 수경원이 있던 자리이다. 수경원은 조선왕조 21대 영조의 후궁인 영빈 이씨의 원묘이었다.

유물들을 살펴보노라니 왠지 가슴이 지르르 저리다.

영조와 영빈이 위로 4명의 옹주를 두고 사도세자를 얻었을 때 그들의 나이는 42세, 40세였다. 지금도 만만찮지만 당시로는 경이로운 일이 아닐 수 없었을 테다. 고대하던 후계자이자 늦둥이를 보았으니 얼마나 보배롭고 사랑옵았을까? 그런데 28년이 지나 그 아들을 죽이라고 어미가 청하고 아비가 행한다. 전시물의 "영조가 심혈을 기울였던 탕평의 이상이 현실의 한계를 넘지 못한 채 사도세자와 대결 국면으로 치닫게 되"었다는 표현은 얼마간 주관적 평가의 뉘앙스를 띠지만, 내가 기어이 헤집어 살피려는 것은 '팩트'와 그에 대한 나의 상상력뿐이다.

사도세자의 부인 혜경궁 홍씨가 쓴 『한중록』에 따르면 영빈 이씨는 영조에게 직접 나아가 종사를 평안히 하기 위해 사도세자에 대한 대처분을 내려달라고 청하였다 한다. 이로 인해 '아들을 버린 어머니'라는 낙인이 찍혔지만, 뜨거운 윤 5월 뒤주 안에서 8일 만에 숨을 거둔 사도세자의 발인 날 아들의 관을 잡고 통곡하던 영빈 이씨는 "자식에게 못할 짓을 하였으니, 내 자취에는 풀도 나지 않을 것"이라고 말했다고 전해진다.

뜰을 나오니 수업을 마친 학생들이 백양로에 가득하다. 젊은 그들의 모습에 지금 군에 있는 아들의 얼굴이 겹친다. 나는 아들이 없는 세상을 상상조차 할 수 없다. 그런데 영빈은, 늙은 어미는 자기가 낳은 아들을 죽이라고 청한다. 거기에는 정치보다 더한 무엇이 작용할 수밖에 없다. 무엇이 되었든 가장 아프고 슬픈 절체절명의 이유가.

바람이 일제히
그녀의 죄를 쓸고 갔다*

시인 T와 서오릉에 갔다. T는 초등학교와 고등학교 동창으로 질풍노도의 시기를 함께한 친구다. 우리는 둘 다 아들 하나씩을 두고 있는데 모자 관계는 천양지차다. 내 경우 엄마가 아들을 챙기는 일반적 관계에 가까운 반면 T는 의젓한 아들이 도리어 엄마를 챙긴다. T는 아들의 잔소리에 질색을 하는데 그 모습이 나름으로 귀엽고 애틋하다. 인간관계에는 정답이 없으니.

서오릉에는 경릉·창릉·익릉·명릉·홍릉 등 5개의 왕과 왕비의 능과 순창원과 수경원, 그리고 1969년에 경기도 광주에서 이장되어 아이러니하게도 자기를 사사한 남편 숙종과 같은 동산에 묻힌 장희빈의 대빈묘가 있다. 신촌에서 옮긴 수경원은 생각보다 조촐하다. 그저 조금 큰 무덤일 뿐이다. 표석의 설명도 너무 간단하여 모르는 사람은 영영 사연을 모르고 말리라. 둘러보고 돌아서는 마음이 쓸쓸하여 맞은편 쉼터에서 싸온 막걸리를 음복 삼아 마셨다.

* 함태숙의 시 「마리아」 중에서.

병이 점점 깊어 바랄 것이 없사오니 소인이 차마 이 말씀을 정리(情理)의 못 하올 일이오되, 성궁을 보호하옵고 세손을 건지와 종사를 평안히 하옵는 일이 옳사오니 대처분을 하오소서!

『한중록』에 기록된 바대로 그때의 선희궁, 영빈 이씨가 아들을 죽이라고 청한 것은 사도세자의 무겁고 무서운 병 때문이었다. 영화 〈사도〉에서는 한 차례만 나오지만 『영조실록』의 '폐세자반교', 『한중록』, 그리고 사도세자에게 우호적이었던 소론의 입장에서 쓴 『현고기』에까지 사도세자의 살인 행각은 여지없이 등장한다. 『권력과 인간』을 쓴 정병설 교수는 사도세자가 죽인 무고한 사람이 100여 명에 이를 것으로 추측한다. 내관, 궁녀, 칼 만드는 장인, 심지어는 자기가 아끼는 후궁 빙애를 때려죽이고 돌쟁이 은전군을 칼로 찔러 우물에 던졌는데 요행으로 살아나기도 했다.

의대증, 울화증, 불안장애, 강박장애, 충동조절장애, 정신분열증……. 타고난 기질에 강박적 훈육이 결합해 사도세자는 마침내 '괴물'이 되었다. 그리하여 괴물을 낳은 어미는 자기 손으로 그를 묻고 떠날 수밖에 없었다. 갑작스런 등장으로 세상

• 서오릉 수경원 전경.

을 떴다지만 혜경궁 홍씨의 말대로 "슬픔이 병이 되어서 몸을 마치"었다는 게 과장이 아닐 듯하다.

『나는 가해자의 엄마입니다』에서 아들의 범죄가 벌어진 후 달라진 세상을 겪으며 망연자실한 부모는 독백한다.

죽는 게 사는 것보다 쉽게 느껴질 때가 많았다. 우리 세 사람(부모와 형) 다 죽음, 재, 묘비명, 삶의 의미 같은 것에 대해

이야기했다. 톰(아버지)은 자기 마지막 말이 무엇일지 알 것 같다고 했다. '이제 끝이라니 감사합니다!'

자식을 기르는 것만큼 어려운 일이 없는 듯하다. 내 몸을 덜어 낳았으되 온전히 알 수 없는 타인의 영혼을 보듬는다는 것이. 어쩌면 영빈 이씨는 작고 외로운 무덤 속에서 차라리 평안하리라. 죄인 아닌 죄인인 그녀를 위무하듯 솔바람이 융융 술잔을 흔들고 지나갔다.

• **수경원 옛터** 서울시 서대문구 연세로 50 연세대학교 연세 역사의 뜰 내.
• **서오릉 수경원** 경기도 고양시 덕양구 서오릉로 334-32.

도시를 걷는 시간

초판 1쇄 2018년 3월 20일
초판 2쇄 2019년 10월 15일

지은이 | 김별아
펴낸이 | 송영석

주간 | 이진숙 · 이혜진
기획편집 | 박신애 · 정다움 · 김단비 · 심슬기
외서기획편집 | 정혜경
디자인 | 박윤정 · 김현철
마케팅 | 이종우 · 김유종 · 한승민
관리 | 송우석 · 황규성 · 전지연 · 채경민

펴낸곳 | (株)해냄출판사
등록번호 | 제10-229호
등록일자 | 1988년 5월 11일(설립일자 | 1983년 6월 24일)

04042 서울시 마포구 잔다리로 30 해냄빌딩 5 · 6층
대표전화 | 326-1600 **팩스** | 326-1624
홈페이지 | www.hainaim.com

ISBN 978-89-6574-646-1

이 도서의 국립중앙도서관 출판예정도서목록(CIP)은 서지정보유통지원시스템 홈페이지(http://seoji.nl.go.kr)와 국가자료공동목록시스템(http://www.nl.go.kr/kolisnet)에서 이용하실 수 있습니다.(CIP제어번호: CIP2018007204)